寻找唯一的真相

歌唱的沙

歌唱的沙

The Singing Sands

李爱 译

中国出版集团　现代出版社

Singing
The
Sands

1

那是三月的一个早晨，六点来钟，天还未亮。一列长长的火车侧身驶过布满灯光的调车场，它咔嗒咔嗒缓缓通过铁轨道岔，又进出于信号房的灯火中。在信号桥上，一盏翠绿的灯嵌在宝红色的灯中，火车从桥下通过后便朝拱形下静候的站台驶去。灰色的站台上空无一人，异常荒凉。

伦敦邮政列车驶向了它旅程的终点。

昨夜的尤斯顿站被甩在五百英里漆黑的铁轨后。一路而来，历经五百英里月下的田野和沉睡的村庄，漆黑的城镇和不眠的熔炉，雨水和霜雾，阵雪和洪水，隧道和高架桥。此刻，在这三月阴冷的早晨，六点时分，渐渐显露的丘陵环绕着火车悄然驶了过来，驶向长途奔袭后的休憩。火车到站时，在那长而拥挤的人群中，除了一个人，所有人都舒了口气。

在舒了口气的人群中至少有两个人欣喜若狂。其中一位是旅客，另一位是列车员。旅客名叫艾伦·格兰特，列车员名叫默多·加拉赫。

默多·加拉赫是卧铺车厢的乘务员，也是瑟索和托基之间最让人痛恨的活物。二十年来，默多恐吓勒索旅客，让他们进贡，孝敬他些钱财，还不得声张。人们还会自发地"称颂"他。默多被各处头等车厢的旅客称为"酸奶"（当他那张令人厌恶的嘴脸从尤斯顿蒸汽弥漫的昏暗车站显现时，他们便会说："哦，上帝，是老酸奶！"）。三等车厢旅客的叫法则各种各样，不过都很生动形象。只有三个人曾治服过默多：一位是来自得克萨斯州的牧牛工，一位是女王私人卡梅伦高地人团的一等兵，还有一位是三等车厢一个不知名的伦敦女人。这位矮个儿女人威胁说，要用柠檬水瓶打烂他的秃头。无论是地位还是成就都无法影响默多：他恨这个，怨那个，却很怕肉体的疼痛。

二十年来，默多一直碌碌无为。这份工作，他还没做到一周就厌倦了，但发现是个肥差，便留下来捞点油水。如果你从他那儿要了份上午茶，那么茶是淡的，饼干是软的，糖是脏的，托盘滴着水，连茶匙也没有，但当默多来收盘子时，你曾演练过的抗议言辞，到了嘴边又咽了下去。只是偶尔有一位类似海军元帅的人物，才会大胆提出意见，但普通人都是付了钱，一笑了之。二十年来，旅客们被恐吓、被勒索，身心疲惫却只能给钱，而默多就只管敛财。现在，他是达农一栋别墅的主人，在格拉斯哥拥有一家炸鱼连锁店，还拥有大笔的银行存款。几年前他就该退休了，可是一想到会失去全部的津贴，他就无法忍受，所以便在这无聊的岗位上再忍耐些日子。为了扯平自己的损失，除非旅客自己要求，他都不会费心劳力地提供早茶。有时，他要是很困，干脆就把这事忘得一干二净。每次到达旅程终点时，他便像个算出刑期就要所剩无几的人一样，如释重负，欢呼雀跃。

艾伦·格兰特看着调车场的灯光浮在满是蒸汽的窗户上，从眼前划过，听着车轮咔嗒咔嗒驶过铁轨道岔，发出轻柔的声音。他满心欢喜，因为旅程的终点即是夜晚煎熬的结束。这一夜，格兰特都消磨在努力地克制自己不去打开通往走廊的门。他十分清醒地躺在昂贵的床垫上，一小时一小时地冒着汗。他之所以冒汗不是因为卧铺房间太热——空调工作得出奇地好——而是因为这个房间相当于"一个狭小密闭的空间"。唉，可悲！唉，可恶！唉，可耻！在普通人看来，卧铺房间仅仅是一个整齐的小屋，里面有一个铺位，一个洗手盆，一面镜子，各种大小的行李架，提供的可展开可收起的架子，能存放贵重物品的精美小盒子，还有一个挂表的挂钩。但是，对于一个新入住者，一个悲伤失落、焦虑不安的新入住者，它就是一个狭小密闭的空间。

医生称之为劳累过度。

"放松，浏览一会儿书刊。"医生温坡·斯特里特一边说一边把一条优雅的腿架在另一条腿上，并欣赏着跷起的二郎腿。

格兰特无法想象让自己放松，他把浏览视为一个令人憎恶的词语，一种让人鄙视的消遣。浏览，一张堆积如山的桌子，一种漫无目的地满足动物的欲望。浏览，确实如此！这个词语就连声音都是种罪过。一种枯燥乏味。

"你有什么爱好吗？"医生问道，并将欣赏的目光移到了他的鞋上。

格兰特简短地说道："没有。"

"假期时你做什么？"

"钓鱼。"

"钓鱼？"心理医生说着便收回了他自恋的眼神，"你不认为那是一个爱好吗？"

"当然不是。"

"那么你说它是什么？"

"某种介于体育和信仰之间的东西。"

温坡·斯特里特面带微笑看着这个沉默寡言的人，向他保证，治愈只是时间问题。时间和放松。

好吧，至少昨晚他尽量没有打开门。但是胜利付出了高昂的代价，让他精疲力竭，成了个行尸走肉的人。医生曾说："别和它对着干。如果想去户外，就去。"但昨晚要是开了门，那将意味着致命的一击，他会感到康复无望。那将是对非理性力量的无条件投降。所以他躺在那儿，任汗直流，但是房门一直紧闭。

不过现在，在这清晨失意的黑暗中，在这莫名阴冷的黑暗中，他就像是一个丧失了德行的人。"我想女人在漫长分娩之后的感觉就是如此吧。"他用温坡·斯特里特解释和赞许过的从根本上无所谓的心境想。"但是，至少她们拥有了一个可以用来炫耀的孩子，而我得到了什么？"

他想，是他的尊严。这尊严就是他没有打开门，也没有任何理由打开。哦，上帝！

现在他打开了门，却极不情愿，他意识到了这种不情愿的讽刺意味。他不愿面对早晨和生活，真想把自己扔回凌乱的床上，睡啊睡啊睡啊。

由于酸奶不提供任何服务，格兰特提起两个行李箱，把一捆未读的期刊夹在胳膊下，走进了走廊里。给得起小费出手阔绰的人，他们的行李已经堵住了走廊尽头的小通过台，几乎堵到了车顶，连门都要看不见了。格兰特便朝头等车厢的第二节移动，但前方尽头处也堆放着齐腰高特权者的障碍物，他只好开始沿着走廊向车厢后面的门走去。与此同时，酸奶本人从远端他那间小屋走出来，去确认 B7 的旅客知道就要抵达终点站了。这是 B7 或其他任何旅客公认的权利，以便在火车抵达后从容地下车，但是当某个人在睡觉的时候，酸奶当然不想闲逛。所以他大声敲打着 B7 的房门，然后走了进去。

当格兰特走到敞开的门边时，酸奶正扯着 B7 的衣袖猛摇，压抑着愤怒说道："快，先生，快点！就要进站了。"而 B7 则衣着整齐地躺在铺位上。

格兰特的身影遮蔽了车门，酸奶抬起头看着他，厌恶地说道："喝得烂醉如泥！"

格兰特注意到这个房间里弥漫着浓烈的威士忌气味，浓到可以立起一根拐杖。他整理了一下这个男人的夹克，还不自觉地捡起了一张报纸，这是酸奶摇晃 B7 时掉到了地上。

格兰特说道："你看着他时，难道没有认出是个死人吗？"透过昏沉沉的倦意，他听见自己的声音在说：你看着他时，难道没有认出是个死人吗？好像这是件无足轻重的事情。你看着它时，难道没有认出是迎春花吗？你看着它时，难道没有认出是鲁本的作品吗？你难道没有认出是阿尔伯特纪念碑吗——

"死了！"酸奶用一种近乎咆哮的声音说道，"他不能死！我要下班了。"

格兰特从他置身事外的立场上注意到，这一切对于加拉赫先生那该死的灵魂意味着什么。某人失去了生命，失去了温暖和感觉，毫无知觉，所有这些，在该死的加拉赫眼里只是意味着他要晚点下班。

酸奶说道："我该怎么办？我怎么知道有人酗酒死在了我的车厢里！我该怎么办？"

"当然是报警。"格兰特说道。他再一次意识到生活所具有的快感。酸奶终于遇见了他的对手，这给了他一种扭曲恐怖的快感：这个男人没有给他小费，这个男人给他带来的麻烦比二十年铁路服务中任何人带来的都要多。

他又看了眼那凌乱黑发下年轻的面庞，便沿着走廊走了。死人不是他的职责。在他的工作时间，充斥着死人，虽然这无法挽回的事还是会让他心头一紧，但死亡已不再让他震惊。

车轮的咔嗒声消失了，取而代之的是火车进站时所发出的悠长而又低沉空洞的声音。格兰特摇下车窗，看着站台的灰色缎带向后驶去。一阵寒意像是有人朝他脸上来了一拳，让他不禁打了个寒战。

他把两个行李箱放在站台上，就像被诅咒的猴子一样冻得打战。他站在那儿，怨恨地想到，希望自己可以暂时死去。在他内心幽暗的深处，他知道，在冬季早晨六点来钟，能站在这站台上，因寒冷和紧张而颤抖，也是件幸事，是还活着的必然结果。但是，哦，如果可以暂时死去，在舒服时活过来，该多好！

"先生，去旅馆吗？"搬运工说道。"去，我看到推车会自己带过去。"

他蹒跚地走上阶梯，穿过天桥。天桥的木板听起来就像鼓声，他的脚下是空的，从下面翻滚起巨大而又猛烈的蒸汽包围着他，铿锵的噪声和回声从黑洞洞的拱顶里发出。他想，关于地狱人们都错了。地狱不是一个受油煎之刑、温暖舒适的地方，地狱是一个有着回音的极寒之洞，没有过去，没有未来，一个漆黑的只有回音的不毛之地。地狱的精髓都集中在了这冬日的早晨，一个自我厌恶的人经历了彻夜未眠。

他走入一个空旷的庭院，突如其来的宁静抚慰着他。黑夜虽然寒冷却也清澈。一抹灰色预示着清晨的来临，清澈的空气中，一股雪的气息诉说着此处就是高地。不久之后，当天亮的时候，汤米就会来旅馆接他，然后一起驾车驶入干净的高地乡间，驶入宽广辽阔、亘古不变、无欲无求的高地世界。那里的人们生于此、死于此，总之没有谁家会大门紧闭，因为那太麻烦。

旅馆的餐厅里，只有一边的灯亮着，没有灯光的幽暗处，整齐地摆着几排没有铺台布的桌子。这时他才想到，以前还从未见过餐馆的桌子没有铺台布。撤掉白色盔甲的桌子，真是很寒碜落魄，就像服务员没有穿衬衣的硬前胸一样。

一个小孩儿身穿黑色的制服套裙和绿色的绣花毛衣，把脑袋抵着纱门转圈，看见格兰特时好像被吓了一跳。他问道有什么早餐。她拉响了鸣铃，以示开餐，从餐柜上取了一个调味瓶放在他前面的桌布上。

"我去替你找玛丽。"她贴心地说道，便朝纱门后走去。

他想，餐馆服务已经失去了它的拘谨古板和光鲜亮丽，变成了家庭主妇所说的简单枯燥。不过，偶尔一句"找玛丽"倒也弥补了绣花毛衣和类似的不得体。

玛丽是个丰满稳重的人，如果奶妈没有过时，她肯定是个奶妈。在她的服务下，格兰特感到，自己就像个孩子在仁慈的长辈面前放松了下来。他苦涩地想着，这倒也是件好事，在他如此需要安慰的时候，一位胖乎乎的餐厅女服务员给予了他。

格兰特吃了她放在面前的东西后，开始感觉好些了。不一会儿，她过来挪走了切片面包，在原位放了盘早餐面包卷。

她说道："给你的大面包卷是刚做好的。这东西如今是有点糟，完全没有嚼劲，不过总好过那些面包。"

她把果酱推近他的手边，看他是否还需要来些牛奶，随后又离开了。格兰特原本不打算再吃了，但还是拿了块大面包卷抹上了黄油，又从昨晚的书堆中拿了份没读过的报纸。他拿到手里的是一份伦敦的晚报，他就像不认识似的满脸疑惑地看着它。他买过晚报吗？通常在下午四点钟的时候，他肯定就读过晚报了。怎么会在晚上七点再买一份？难道买晚报已经成了他的条件反射行为，就像刷牙一样无意识？亮着灯的书报亭即是晚报。是这样发生的吗？

这是一份《信号报》，即早晨《号角报》的下午版。格兰特又看了遍昨天下午就曾了解过的标题，思量着它们在本质上还真是一成不变。这是昨天的报纸，和去年的抑或下个月的报纸如出一辙。标题永远和现在看到的一样：内阁争论，梅达谷里金发碧眼的死尸，关税诉讼，抢劫案，美国演员的到来，道路事故。他把这份报纸挪开，可当伸手去拿下一份报纸时，却注意到，在最新消息的空白处，有用铅笔写的潦草字迹。为了能够看清有人在那计算着什么，他把报纸倒转过来，但好像根本不是某个送报人匆忙地计算差额，而是有人想要写诗。这是一首原创诗，而不是去回忆一些早已被人熟知的诗句。这首诗写得断断续续，事实上，作者已经把两句缺失的诗句标上了音步数量。在格兰特六年级时，作为最好的十四行诗人，他就已经用过这种技巧了。

但这次的诗不是他写的。

忽然，格兰特明白了这份报纸是从何而来。他取得这份报纸的行为比买晚报更无意识。当它滑落到卧铺房间 B7 的地面上时，他捡了起来，并将它和其他报刊一起夹在了胳膊下。他的意识，或者说经历昨夜后尽可能还有的意识，都集中于酸奶正在让一个无助的男人衣冠不整。他唯一故意的行为，就是用拉直那个男人的夹克来谴责酸奶，为此他需要一只手，所以那份报纸与其他报刊一起夹在了胳膊下。

那么这位留着凌乱黑发、长着轻率眉毛的年轻人是一位诗人，是吗?

格兰特感兴趣地看着那铅笔字。看起来，作者是在努力创作一首八行诗，但是没能想出第五行和第六行。所以潦草地写道：

> 说话的兽，
> 停滞的河，
> 行走的石，
> 歌唱的沙。
> ……
> ……
> 守卫去往
> 天堂的路。

平心而论，这首诗很奇怪。震颤性谵妄的前兆吗?

具有这样一张非常独特面庞的主人，在他酗酒后的酒精幻想中看见了非同寻常的东西，这是可以理解的。世界在这个长着轻率眉毛的年轻人眼里，会变得天翻地覆。被如此可怕的怪物所守卫的天堂是什么? 遗忘? 他为什么如此需要遗忘，它代表着他的天堂吗? 他准备从不断靠近的恐惧中逃跑吗?

格兰特吃着没有嚼劲、刚出炉的大面包卷，思考着这个问题。笔迹虽显稚气，但一点也不颤抖，看起来是一个字迹稚气的成年人所写，不是因为他的协调性不好，而是因为他还不够成熟。从本质上看，他仍然是采用孩童最初书写时的方式。首字母的字形也证实了这一看法，那纯粹就是习字簿的字形。奇怪，一个如此个性的人却无意将自己的个性融入他的字形中。确实，很少有人不依自己的喜好、不按自己的潜意识需要来调整习字簿的字形。

　　这么多年，格兰特的一个小兴趣就是研究字迹，而且在工作中，他发现长期的研究结果很实用。当然，偶尔他的推论也会让人失望，比如一个将受害者用酸液溶解的连环杀手，结果却写了一手好字，只是有极强的逻辑性，这毕竟还是有足够的合理性。不过总体来说，笔迹提供了辨识一个人很好的标志。一般来看，一个人一直使用学生字体写信有两个原因：要么他不太聪明，要么他很少写字，没有机会把个性融入笔迹里。

　　考虑到他能很聪明地用语言将天堂之门那梦魇似的危险表达出来，所以很明显，这个字迹稚气的年轻人不是缺乏个性。他的个性——他的活力和兴趣——投入了其他事情。

　　什么事情？积极的事情，外部的事情。写一些像这样的留言："坎伯兰郡的酒吧，6：45见面，托尼"，或是填写日志。

　　但是，他是个足以内省的人，会去分析和用语言表达通往梦想国度天堂的路，足以内省地置身事外地观察，想要去记录。

　　格兰特沉浸在一种舒心温暖的恍惚中，嚼着面包思考着。他注意到 n 和 m 的顶部紧紧相连。他是一个骗子？或只是一个守口如瓶的人？长着这样眉毛的男人，他的字迹透出一种奇怪的谨慎特征。一个人的面容所蕴含的意思有多少决定于眉毛，是很不可思议的。眉毛的角度变换一下，整体效果就不一样。电影巨头从巴勒姆和麦斯威山带来两个漂亮的小姑娘，然后将她们的眉毛刮去，重新画一对，她们立刻变成来自鄂本斯克和托本斯克的神秘人物。漫画家泰伯曾告诉他，欧尼·普赖斯就是由于他的眉毛而失去了成为首相的机会。泰伯喝着啤酒，眨着像猫头鹰般的眼睛说："他们不喜欢他的眉毛。为什么？不要问我。我只画画。或者因为看起来脾气暴躁。他们不喜欢脾气暴躁的人。不相信他。但就因为这样他失去了这个机会，相信我。他的眉毛。他们不喜欢。"脾气暴躁的眉毛，骄傲自大的眉毛，忧心忡忡的眉毛——一对眉毛赋予了一张脸主要的基调。那对倾斜的黑色眉毛，让这张躺在枕头上苍白消瘦的脸显得如此轻率，而在死亡的时候更是如此。

好吧，当这个男人写下这些诗句时，他还没有喝醉，至少是清醒的。这个醉汉所寻找的天堂，在 B7 卧铺房间里的遗忘——充满酒气的空气，皱了的毯子，地板上滚动的空酒瓶，架子上打翻的玻璃杯，但是当他描绘这通往天堂之路时，他还没有喝醉。

歌唱的沙。

古怪，但不知何故，很吸引人。

歌唱的沙。某个地方确实有歌唱的沙吗？一种模糊而又熟悉的声音。歌唱的沙。当你走在沙上，它们会在你的脚下哭泣。或者是风，或者是其他什么东西。一个男人的前臂伸到格兰特的面前，花格呢的袖子，并从盘里拿了一块大面包卷。

汤米拉出椅子坐了下来，说道："你看起来正自得其乐。"他撕开面包，抹上黄油。"如今，这东西完全没有嚼劲。我小的时候，用牙咬，向外拉。一场势均力敌的对抗：你的牙还是面包。如果你的牙赢了，真值得一尝，满嘴美味的面粉和酵母会持续几分钟。现在它们再也尝不到了，你可以把这东西对折，然后整个放到嘴里，完全没有任何噎着的危险。"

格兰特怀着喜爱之情静静地看着他。他想，没有什么关系会如此亲密，亲密地把你和一个男人绑在一起，他和你同住一间预备学校的宿舍，然后一起上公学。但是，每当再次遇见汤米时，他就会想起预备学校。或许因为在本质上，这张精力充沛、棕色透着红的面庞和一双又圆又单纯的蓝眼睛，都和曾经歪歪扭扭系着纽扣的褐红色夹克上的面庞一样。汤米常常会满不在乎地系着夹克上的纽扣。

汤米不会浪费时间和精力问一些客套话，例如旅途和健康问题。当然，劳拉也不会。他们接纳眼前的他，就好像他已经在这待了一段时间，好像他根本就从未离开过，还是此前的来访。这种非常轻松的氛围让人沉浸其中。

"劳拉怎么样？"

"很好，长胖了一点。反正她是这么说的。我是没有看出来。我一直都不喜欢清瘦骨感的女人。"

曾有一段日子，那时他们都才二十岁，格兰特曾想过要娶他的表妹劳拉，他确信，劳拉也曾想要嫁给他。但在一切还未倾诉之前，魔法就消失了，他们又回到了原来友爱的关系。那魔法存在于高地令人陶醉的漫长夏日，存在于山间清晨的松针气息，存在于无尽暮色中三叶草香甜的气味。对于格兰特而言，表妹劳拉往往就是他快乐暑假的一部分，他们一起在溪里从划桨到钓鱼，他们一起第一次漫步在拉瑞格，第一次站在布雷里克的山顶。但直到那个夏天，他们青春期结束的时候，快乐才转化成劳拉，整个夏天都聚焦在劳拉·格兰特这个人身上。每当他想起那个夏天，心里还是会泛起一阵涟漪。一个明亮完美、色彩斑斓的气泡，因为秘而不宣，那个气泡永远也不会破裂。它依然明亮完美、色彩斑斓、泰然自若。他们又继续各奔东西，认识不同的人。事实上，劳拉带着小孩儿玩跳房子似的无所谓，从一个人到另一个人。后来，格兰特带她参加了毕业时的舞会，她遇见了汤米·兰金。事情就是这样。

汤米问道："火车站出了什么事，乱哄哄的？还有救护车什么的。"

"火车上死了一个人，我想就是这事。"

汤米"噢"了一声就抛之脑后了，用一种恭喜的方式补充道："这次不是你的葬礼。"

"不是啊，谢天谢地，不是我的葬礼。"

"人们会在维多利亚地区（曾是伦敦警察厅的所在地——译者注）缅怀你的。"

"我可不信。"

汤米说："玛丽，要一壶上好的浓茶。"他用手指尖鄙视地敲击着盛面包卷的盘子。"再来两盘这种便宜货。"他转过脸，像孩子一样认真地盯着格兰特说："他们少了一个人，肯定会想你的，是吧？"

格兰特喘了口气，差点发出几个月来的一次大笑。汤米对总部表达了慰问，不是因为失去了他的才华，而是少了他这个人。他这位"家人"的态度和他长官那职业化的反应大体一样。"因病离开！"布莱斯说道，他用大象似的小眼打量着格兰特看起来健康的身体，然后脸上露出厌恶的表情。"好吧，好吧！究竟怎么回事？我年轻的时候，你坚守着岗位直到倒下。你继续写着笔录直到救护车把你从地上运走。"你很难向布莱斯解释医生所说的话，布莱斯理解不了。布莱斯的身体里从未有过一根神经，如果说智力有限，那么他的身体仅仅是靠狡猾来赋予生命。他听到格兰特的消息，既不会理解，也不会同情。事实上，隐约有些迹象，仅仅是些暗示，他认为格兰特是装病。一个看起来面色很好的人，如此奇怪地垮下，该和春天高地流淌的河水有关，在去看温坡·斯特里特前，他就已经准备好了钓鱼的鱼饵。

汤米问道："他们怎么填补这个空缺？"

"可能提升威廉姆斯警长。不管怎么说，他早该升职了。"

向忠诚的威廉姆斯坦白一点也不容易。当你的下属，多来年一直毫不掩饰地把你当作英雄来崇拜，而你却深受神经紧张的困扰，被并不存在的恶魔所控制，这样出现在他面前会让人感到很不舒服。

威廉姆斯向来随遇而安，心态平和，不会猜忌。所以要告诉他并不容易，看着崇拜变成关心。或是变成——同情？

"把果酱推过来。"汤米说道。

2

　　汤米顺其自然地接纳了他，让格兰特心生平静。当他们驶入丘陵时，这份平静也越发深沉。这二者就这样接纳了他：用一种超然的仁慈围绕着他，看着他带着熟悉的沉默而来。这是一个灰蒙蒙的早晨，万籁俱静，一派整齐而又荒凉的景致。整齐的灰色围墙环绕着荒原，光秃秃的围栏沿着整齐的沟渠。这等候着的乡间，万物都还未生长，只有涵洞边零星的柳树透出绿色的生机，形成些许的树荫。

　　一切都会好的。这就是他所需要的，寂静、空旷、祥和。他已经忘记了这片土地是多么地仁慈，多么地满足。近处绿色的丘陵圆润而又亲切，远处的丘陵染上了蓝色。后面屹立着高地长长的城墙，白色而遥远地立在平静的天边。

　　当他们驶入特利峡谷时，格兰特说："河水很浅，是吗？"随后一阵恐慌向他袭来。

这病发作时常常如此。这一刻还是个神志正常、身心自由、处之泰然的人，下一刻就成了被非理智擒住的无助生物。他把手紧紧握在一起，以防自己猛地推开车门，努力地听着汤米在讲什么。几个星期没有下雨了。他们这儿已经几个星期没有下雨了。让他想想雨水稀少的事儿。雨水稀少，这很重要。它会让钓鱼的事情泡汤。他就是来克伦钓鱼的。如果没有雨，就没有游水的鱼。没有供鱼游的水。哦，上帝，帮帮我，别让汤米停下来！没有水。理智地想想钓鱼的事儿。如果已经几个月没有下雨了，那么雨水肯定就要来了，不是吗？你怎么能叫朋友停下车，让你发病？但你为什么不能叫他停下车，让你可以逃出这个被关着的狭小空间？看看河流，看看它，想想与这条河有关的事儿。去年你就是在这里逮到了一条很棒的鱼。就是在这里帕特从坐着的岩石上滑下去，然后裤裆被挂在了那儿。

汤米说道："你曾见过的美丽而又滑溜的鱼。"

河边的榛树在灰绿色的荒原上呈现出一派鲜亮的淡紫色斑点。不久之后，夏天来临时，榛树的叶子就会发出清脆的哗哗声，为歌唱的河流助奏。但现在，这一团淡红色的榛树安静地矗立在河岸边。

汤米看着河流的状况，也留意到了光秃秃还很嫩着的榛树枝，但作为一个父亲，他的思绪并没有飘到夏日的午后。他说道："帕特发觉自己是个占卜师。"

这也挺好。想一想帕特，聊一聊帕特。

"屋里撒着各种各样的细枝。"

"他发现了什么吗？"如果他能把注意力一直放在帕特身上也可以。

"他在起居室的壁炉下发现了金子，在楼下的浴室发现了一具尸体，还有两处泉水。"

"泉水在哪里？"现在应该没多远了，距离峡谷上端和克伦只有五英里。

"一处在餐厅地底下,还有一处在厨房走廊下面。"

"我猜你没有挖开起居室的壁炉地面。"车窗大敞着。有什么好担心的?这儿实际上不是一个密闭的空间,根本就不是一个密闭的空间。

"没有。这让他很恼火,说我是一个废物。"

"废物?"

"没错,这是他的新词。我认为就是比卑鄙的家伙还要低一等级的人。"

"他从哪儿学来的这个词?"他将一直坚持到弯道处的那片白桦林,然后就叫汤米停车。

"不知道。我想是去年秋天,从某个讲通神论的女人那儿听来的。"

他为什么会介意让汤米知道?这病没什么可耻。即使他是个瘫痪的梅毒病患者,他也会接受汤米的帮助和同情。他为什么不想让汤米知道实情,他正因为一些并不存在的东西而感到恐惧,冒着冷汗?他或者可以撒个谎?他或者只要叫汤米停一会儿,好欣赏一下风景?

白桦林到了。他至少已经坚持到了这里。

他要再等一段路,到那条河流的拐弯处。他就借口说看河流。这似乎比看风景更合理。汤米会乐意欣赏河流,他只是挺反感看风景。

大概还有五十秒。一、二、三、四……

到了。

"今年冬天,我们的两只羊掉到了这个池塘里。"汤米说着便快速地驶过了弯道。

晚了。

他还能找什么借口?现在离克伦已经太近,不好再找借口了。

因为手抖得太厉害，他甚至无法点根烟。

或者他该做些事情，无论多小……

他从旁边的座位上拿来一捆报纸，一边重新整理，一边漫无目的地匆匆翻阅。他注意到里面没有了《信号报》。因为最新消息一栏里的那首奇怪而又短小的草稿诗，他本想带上它。唉，算了，无所谓。它已经履行了使命，给他的早餐解了闷。它的主人不再需要它了。他已经拥有了理想的天堂，可以忘却一切了。如果那就是他所想要的，他的目的已经达到了。他不会再有失控的手和冒汗的皮肤，不会再和恶魔抗争，不会再拥有晴朗的早晨，亲切的土地，天边那可爱的高地美景。

他头一次想要知道是什么把一个年轻人带来了北方。

他大概不会为了喝个不省人事而订了间一等卧铺房间。他有要去的目的地，他有事情有渴望，有一个目的。

他为什么会在这个阴冷的淡季来到北方？钓鱼？爬山？他记得卧铺房间给人一种空无一物的印象，但可能沉重的行李箱放在铺位下。或者，实际上是在行李车厢里。除了去运动还有什么呢？

公务？

那张脸不像，不是。

演员？艺术家？仅仅是可能而已。

一位要去登船的海员？要去因弗内斯某个海军基地？有可能。那张脸看上去很像是在船桥上的脸。一条小船，行驶得很快，行驶在海上各种恶劣环境中。

还有什么呢？是什么把这个酷爱酒精、眉毛轻率且皮肤黝黑的瘦小伙带到了三月初的高地？除非是近些日子威士忌短缺，他想来这儿建一间非法的酒厂？

这个想法挺好。会很容易吗？不会比在爱尔兰容易，因为这里没人愿意违法，但是一旦你成功了，威士忌就是笔好交易。他多希望自己能让这个年轻人怀有这样的期望。或许，昨晚格兰特坐在他的对面吃晚餐，就能看见他想到如此有趣、蔑视法律的主意时，眼睛里所放出的光。总之，格兰特希望能和他交谈，交流想法，了解他。如果昨晚，有人和他聊过天，或许现在他还是这个充满活力的早晨的一部分，拥有这个美好仁慈世界的恩赐和承诺，而不是——

"后来在那座人行桥下，用鱼叉把它叉住了。"汤米说道，至此结束了一段故事。

格兰特低头看了看手，发现它们静静地放着。

这位死去的年轻人没能拯救自己，却拯救了他。

他抬起头看着前方克伦的白色房屋。克伦卧在杯状的绿色山谷里，唯有一片绿色的冷杉木，像是嵌在光秃秃的风景上的一些墨绿色羊毛制品。一缕青烟从烟囱里升起，飘入无风的空中。这才是寂静的真谛。

当他们驱车从公路驶向沙石的小道时，他看见劳拉出了门，站在那儿等着他们。她朝他们挥着手，当手臂放下时，她把散落在额前的一缕头发捋了过去。这熟悉的动作温暖了消沉的他。没错，在她还是个孩子时，常在巴德诺赫的小站等他，就是这样招手，并把一缕头发捋了过去，依然是这一缕头发。

汤米说道："糟糕，我忘了替她寄信。要是没问就别提这事儿。"

劳拉亲吻了他的双颊，看了眼他说道："我给你准备了美味的鸟肉做午餐，不过你看上去好好睡一觉更好些。所以直接上楼睡吧，醒来再吃饭。我们有几周的时间闲聊，不在乎这一会儿。"

他想，只有劳拉会高效地履行女主人的角色，如此干脆利索地满足客人的需要，不会拐弯抹角地吹嘘预备好的精美午餐，不会暗地里索取回报。她甚至不会硬给他不想喝的茶，也不会直截了当地建议他好好洗个热水澡。她更不会要求他到来后礼貌性地寒暄一下，小坐一会儿。而对于他需要的东西，她不问为什么立刻就拿给他一个枕头。

他想知道，是否是自己看起来身体大不如前，还是仅仅因为劳拉太了解自己。他想到自己并不介意劳拉知道他被恐惧所奴役。奇怪的是他曾避免在汤米面前显露自己的懦弱，却不会在意劳拉知道此事。它本该是另一种情况才对。

"这次我把你安排在了另一件卧室。"她边说边领着他上了楼梯，"因为西边的房子重新装修，还有些异味。"

他留意到她确实胖了点，但脚踝依旧美丽。格兰特用那从未抛弃过他的天生的冷静意识到，他不想向劳拉隐藏自己那一阵阵孩子气的恐惧，证明他不再爱着她了。男人需要在自己心爱的人眼里看起来很好，而这已经不存在于他和劳拉的关系中。

"人们常说东边的卧室可以照到早晨的太阳。"她站在东边卧室的中央说道，好像她从未看过这里一样。"就是个建议。我自己更喜欢能够看见阳光灿烂的风景，这样太阳也照射不到眼睛。"她把拇指塞进绷得很紧的裙腰里，松了松腰带。"不过西边的屋子这一两天就能住了，你要是想住就换个房。我亲爱的威廉姆斯警长过得怎么样？"

"身体健康，无病无灾。"

他的眼前闪过威廉姆斯的画面。在威斯特摩兰的休息厅里，威廉姆斯严肃而羞涩地坐在茶桌旁与经理会晤，离开的时候碰巧遇见了劳拉和格兰特在喝茶，便应邀加入了他们。他和劳拉相处得很好。

"你知道，每当这个国家陷入周期性的混乱，我一想到威廉姆斯警长，立刻就会确信这一切都会好的。"

格兰特一边忙着解开行李箱的带子一边说："我想我就根本没法让你安心。"

"没那样想过。总之，不是那样。事事都不顺利的时候，你是唯一让人感觉舒服的。"劳拉说着这含意不明的话离开了，"你想下来的时候再下来。如果不想下来，就完全没有必要下来。醒来的话就摇铃。"

她的脚步声沿着走廊远去，身后被寂寞所淹没。

他脱掉衣服，懒得去拉窗帘就倒在了床上。不一会儿他想：我最好还是拉上窗帘，不然阳光很快就会弄醒我。他不情愿地睁开眼，估摸着阳光的亮度，才发现阳光根本没有照进窗户，而是普照着户外。他从枕上抬起头，琢磨着这怪事，才意识到现在是傍晚。

他感到松弛和喜悦，又继续躺下，聆听着这份宁静。一种久远的宁静。他品味着这份宁静，尽情享受着长久以来暂时的缓解。这里和彭特兰湾之间不是密闭的空间。若它们之间是密闭的，那么这里和北极之间也不会是密闭的空间。透过敞开的窗户，他看见灰色的夜幕透着点微光，还有一道道薄云。天空没有下雨，只有宁静的回声，让这个世界沉浸于让人心满意足的安静之中。哦，好吧，如果不能钓鱼，他还能去散步。就算再糟糕，他还能去打野兔。

他看见薄云在夜幕的映衬下渐渐暗去，他想知道劳拉这次又给自己找了哪个相亲对象。很奇怪，所有结婚的女人都会联合起来反对男人的单身状态。如果一个女人嫁得幸福，就像劳拉，她们会认为婚姻是一个成年人的完美状态，可以免于遭受任何无能和阻碍。如果她们套上了不幸的枷锁，便会对任何逃离这种惩罚的人充满仇恨。每次他来克伦，劳拉都习惯性地认真审查几个女士，供他考虑。当然，她从不会介绍她们所拥有的优秀品质，她们只是在格兰特面前来回走动，以便让他欣赏她们的步态。当他对相亲对象没有什么特别兴趣时，氛围也不会有明显的歉意，也不会有任何责备的意思。所能发生的只是下次劳拉会有一个新主意。

　　某个遥远的地方传来一阵声响，要么是母鸡慵懒的咯咯声，要么是正在收集茶杯时所发出的当啷声。他倒希望是只母鸡，可是听了一会儿，很遗憾地确信那是在准备茶点。他得起床了。帕特就要放学回家了，布里奇特也将从午睡中醒来。劳拉是很典型的一类人，她不会让格兰特说说过去的一年，她的孩子长高没有，聪明没有，漂亮没有；她甚至不会要求他对女儿送上应有的赞美。她根本就不会提起布里奇特，那仅仅是视线之外的一个小孩儿，就像农场里的其他动物一样。

　　起床后他洗了个澡，二十分钟后，便下了楼。几个月以来他第一次感到饥饿。

　　起居室敞开的门上方有一幅家庭画像，格兰特认为那是纯粹的佐法尼风格。在克伦，以前起居室几乎占据了农舍的全部，现在只是主屋的一间小侧屋。因为它由几间屋子取代了一间屋子，所以比通常这一类型有更多窗户，因为它的墙壁厚实，所以温暖且有安全感；因为它是面向西南方向的景致，所以比大部分屋子更亮堂。如此一来这栋房屋所有的往来通行都汇集于此，就像某个中世纪庄园的主厅。只有在中餐和晚餐时，这一家才会用到其他屋子。一张大圆桌放在火炉旁，让茶点和早餐时的餐厅变得很舒适，其他房间是由办公室、客厅、音乐室、学习室和温室构成的完美自由的组合。格兰特想，无须改变任何细节，一应俱全，甚至还有在桌边乞食的小猎犬和在壁炉前的地毯上叉开腿的布里奇特。

　　金发的布里奇特是三个小孩儿中最安静的，她把时间都消磨在没完没了地把几样相同的东西排列成新的样式。劳拉说："我都不确定她是个弱智还是个天才。"但是从介绍时看布里奇特那善意的几眼，格兰特完全可以判断出劳拉语调中的欢喜，这个被帕特称为幼稚的人，智商完全没有问题。

帕特这个绰号没有侮辱的意思，甚至没有明显的傲慢，仅仅是强调他自己属于成人范畴，年长六岁的他够资格。

红头发的帕特有一双冷峻的灰眼睛，让人胆寒。他穿了条破旧的绿色苏格兰方格裙，烟青色的长筒袜，还有一件打了很多补丁的灰毛衣。他不拘礼节地向格兰特问好，但让人舒服，并不粗野。帕特说了一口被他妈妈称为"浓重的佩斯郡"的口音，他的知心朋友是村学校里出生于基林的牧羊人的儿子。当然，只要他想，帕特可以说一口完美的英语，但那往往是坏的迹象。当帕特不想和你说话时，他往往会说最好的英语。

喝茶的时候，格兰特问他是否决定了将来做什么，对于这个问题，帕特从四岁开始就一成不变地回答："我正在思考。"这是他从教父 J.P. 那儿学来的话。

帕特用一只空出的手抹着果酱，说道："啊，我有想法了。"

"是吗？那好，你要干什么？"

"当一名革命者。"

"我希望永远都不必逮捕你。"

"不会的。"帕特干脆地说道。

"为什么不会？"

"老兄，我会是个好人。"帕特边说边把勺子又蘸了蘸。

劳拉把果酱从儿子那里拿走，说道："我相信这是维多利亚女王用这个词的感觉。"

这就是他喜欢劳拉的原因。在她母性的溺爱中偶尔会闪烁出客观和冷静。

"我给你留了一条鱼。"帕特边说边把果酱抹在一片面包上，达到他要求的厚度，至少是面包一半的厚度（他实际上说的是："俺给你牛了条鱼"，但是帕特的发音听起来的感觉并不比看起来的感觉好多少，他会让你自行想象）。"在卡迪池塘的岩石下。如果你喜欢，我可以把我的假蝇借给你。"

因为帕特有一大盒分门别类用来诱杀鱼的钓饵，"我的假蝇"用单数只是意味着"我发明的假蝇"。

当帕特离开后，他问道："帕特的鱼饵像什么？"

他的妈妈说："我得说，令人发指，一个可怕的东西。"

"他用那鱼饵钓到过东西吗？"

汤米说："很奇怪，钓到了。我想鱼类世界也像其他世界一样，有些容易上当的笨蛋。"

劳拉说："那些可怜的鱼一看到那吓人的东西就目瞪口呆。它们还没来得及闭上嘴，水流一冲正好让它们上钩。明天星期六，你能看看它的使用情况。但是我想，现在这样的水况，即使是帕特那诡异的发明，也没法把卡迪池塘六磅重的鱼吸引上来。"

当然，劳拉是对的。星期六的早晨，没有下雨，天空晴朗。卡迪池塘里六磅的鱼被囚禁得很恐慌，很想到河流上游去，水面的鱼饵无法让它们感兴趣。格兰特接受建议去湖里钓鲑鱼，而帕特则当向导。湖就位于山里两英里外，是荒原中的一片池塘。当小度湖上起风时，一阵风就把你的鱼线刮起在水面，向右侧飞去，绷紧得像个电话线。当风平浪静时，蚊子就会把你当作美餐，鲑鱼游出水面公然嘲笑你。如果钓鲑鱼不是格兰特想要的消遣，那么当一个向导很显然是帕特的理想天堂。帕特无所不能，从达尔莫尔骑上一头黑色的公牛，到用半便士和胁迫从邮局的迈尔太太那里要来价值三便士的甜点。但是坐在小船上闲逛的快乐，他却不能凭一己之力提供给格兰特。因为湖上的船挂了锁。

格兰特走在沙路上，穿过干枯的石楠，帕特跟在后面一步远的地方，就像一只规规矩矩的猎狗。当他走着时，开始意识到自己的不情不愿，并好奇它的原因。

在他今天早晨的快乐中，在他去钓鱼的喜悦中，为什么会有所缺憾？棕色的鲑鱼可能不是他运动的想法，但是能拿着钓竿度过这一天，就算毫无收获，他也该足够开心了。在这个熟悉的春季，他很高兴能来到充满生机而又悠然自得的户外，脚下踩着泥煤，丘陵就在眼前。为什么在他的脑海里还潜藏着淡淡的不情不愿？为什么他想在农场周围转悠，而不是在小度湖上驾船度过这一天？

他们走了一英里后，隐藏在他潜意识里的原因冒了出来。今天，他想留在克伦，以便翻看送来的日报。

他想查明关于 B7 的事。

伴随着旅途的劳累和耻辱的回忆，他的意识已经把 B7 抛在脑后。从他抵达躺在床上那一刻起，到现在将近二十四小时，他都没有刻意地想起 B7。但是，看起来 B7 仍然跟随着他。

"现在，日报都是什么时候送到克伦？"他问起帕特，而帕特仍然安静地、规规矩矩地跟在他后面一步远的地方。

"如果是约翰尼，十二点来，但如果是肯尼，快一点才能送来。"帕特好像很乐意在远途中交谈，他补充道，"肯尼会在达尔莫尔路东面停下来，去麦克法迪恩的科尔斯蒂喝一杯。"

格兰特想，世界正等着让这个国家喧闹的消息，而肯尼却在麦克法迪恩的科尔斯蒂喝茶，真让人愉快。在收音机发明之前，这日子简直就是天堂。

"守卫去往天堂的路。"
歌唱的沙，
说话的兽，
停滞的河，

行走的石，

歌唱的沙……

这象征着什么？只是脑海里的一个世界吗？

在这辽阔、质朴的大地上，它会以某种合理的方式让怪异感减弱。今天早晨，你有可能相信，在地球上的某个地方会有行走的石头。难道就没有地方，一个已知的地方，甚至在高地，当一个人独自在夏日灿烂的阳光下行走，会被看不见的监视者所侵扰，于是他充满巨大的恐惧，惊慌失措地狂奔？是的，就算此前没有见过温坡·斯特里特，他也知道有。在某个古老的地方，万事皆有可能，甚至存在说话的野兽。

B7 是从哪获得这古怪的想法？

他们从木制的轨道上让小船下水，格兰特把它拉进湖里，然后迎风行驶。天气很晴朗，微风让水面泛起涟漪。他看见帕特把鱼竿放在一起，弯着腰在鱼线上绑假蝇。格兰特想，如果他没福气有一个儿子，那么这个红头发的小侄子也是很好的替代品。

"艾伦，你曾献过华吗？"帕特一边忙着弄假蝇一边问道。他把"花"说成了"华"。

格兰特小心地说道："我记不得了。怎么啦？"

"他们让我给女子爵献花，她来参加达尔莫尔礼堂的开幕典礼。"

"礼堂？"

"路口那个搭棚子的地方。"帕特不悦地说。他沉默了一会儿，明显是在考虑这事儿。"献花是件丢人的事情。"

劳拉不在时，格兰特需要承担起责任，他在脑海里琢磨了下，说道："这是一个巨大的荣誉。"

"那就让幼稚的人享受这份荣誉。"

"对于这样的责任，她还太小了。"

"好吧，如果这责任对她来说太小了，像这样胡闹的事，对我来说就太大了。他们去找其他家的人做这件事。总之，全是胡扯。那个礼堂都开了几个月了。"

他对成人的虚伪表现出清醒的蔑视，让格兰特哑口无言。

他们以一种男性友好的关系，背对背钓鱼。格兰特慵懒而又漠不关心地轻轻抖着鱼线，帕特则带着无可救药的乐观主义在钓鱼。中午时分，船漂到了和小码头平行的一个位置，然后他们靠向岸边，想在小屋里用煤油炉泡茶。当格兰特朝最后几码划去时，他发现帕特的眼睛盯着岸边的某个东西，便转身看看是什么引起了他如此明显的厌恶。他看见一个穿着华丽却不得体、走路大摇大摆的人向前走来。他询问那人是谁。

帕特说："那是小阿奇。"

小阿奇挥舞着牧羊人的曲柄杖，就像汤米后来所说，没有牧羊人死时会拿着那东西，他所穿的苏格兰短裙，也没有一个高地人想到会有活人穿。那根曲柄杖立起来比他的头还要高两英尺，后面的苏格兰短裙从看不见的臀部垂下来，就像拖着的衬裙，但穿的人明显毫无感觉。他那条糟糕的花格呢小裙，可笑得像个孔雀，显得很闹腾，和荒原格格不入。他那鳗鱼似的黑色小脑袋上，戴着一顶系着方格帽带的浅蓝色无边帽，软帽拉到一边，形成一种雄赳赳的气势，松垮地盖着右边的耳朵，帽带上边冒出一大片的植物做顶饰。他瘦瘦的腿上穿着孔雀蓝的袜子，上面长出了不良产物的毛球。瘦削的脚踝上交叉缠绕着皮带子，那种气魄就连马伏里奥都未曾有过。

"他在这周围做什么？"格兰特饶有兴趣地问道。

"他住在摩伊摩尔的旅馆。"

"噢，他是做什么的？"

"革命者。"

"真的？和你一样的革命者？"

帕特很轻蔑地说道："不是！哦，我不是说他没有影响我。但是没人注意到像他那样的人。他还写诗。"

"我认为他是个废物。"

"他！他根本不该出生，老兄。他是一个——一个蛋。"

格兰特推断，帕特想找的那个词是变形虫，但是知识还达不到那种程度。他所知道的生命最低级的形态就是蛋。

这个"蛋"沿着石滩愉快地朝他们走来。他大摇大摆地走着，可怜的衬裙像尾巴在后面摇晃，他在石头上一瘸一拐地行走，看起来很不舒服。格兰特突然确信他有鸡眼。粉色脚上长着鸡眼很容易出汗。有这种脚的人常常在出版物上撰写医学专栏（每天晚上洗脚，然后彻底擦干，尤其是脚趾之间。撒上滑石粉，每天早晨要穿上干净的袜子）。

当阿奇走到可以相互问候的距离时，喊道："乔玛塔什？"

格兰特想，难道只是巧合，所有古怪的人声音都是很尖很虚？或者这种又尖又虚的声音属于失败者和受挫者，而这种受挫和失败导致渴望离群索居。

自从儿时起，格兰特就再没听过盖尔语，这矫揉造作的话让他失去了欢迎的热情。他向那个男人道了句早安。

阿奇一边大摇大摆地走过来一边说："帕特应该告诉你，今天阳光太刺眼不适合钓鱼。"格兰特不知道是什么让他感到更加不快：是讨厌的格拉斯哥口音还是不必要的恩赐态度。

帕特白皙脸上的雀斑被一阵红潮掩盖，话语在他的唇边颤动。

"他是不想让我扫兴。"格兰特心平气和地说道，他看见帕特的红潮退去了，慢慢地透出感激。帕特发现对付蠢人有比直接攻击更有效的办法。这个新想法，他也想尝试一下，舌头在嘴里转动着。

小阿奇响亮地说："我认为，你们上岸是来喝上午茶的。如果不反对，我很乐意加入你们。"

于是他们带着郁闷和礼貌请小阿奇喝茶。阿奇给自己做了三明治，当大家吃着东西时，他开始高谈阔论关于苏格兰的荣耀，它强大的过去，它光辉的未来。他没有询问格兰特的名字，从口音认为他是英国人。格兰特惊讶地听到，英格兰不公正地对待一个受奴役、无助的苏格兰（很难想象还有什么会比苏格兰更受奴役、更无助）。英格兰就像是一个吸血鬼、掠夺者，吸干了苏格兰的新鲜血液，留下的是苍白无力。苏格兰在外国人的枷锁下苟延残喘，她在征服者的战车后蹒跚而行，她给暴君付出贡品，出卖才智。但是她将挣脱枷锁，解除束缚，燃烧的十字架将再次出发，很快战火就像这里的石南干柴一样被点燃。小阿奇没有放过一句陈词滥调。

格兰特饶有兴趣地看着这个新鲜的人物。他确信这个男人比他所想的还要老。至少四十五岁，或者接近五十岁。老到无可救药。任何他所垂涎的成功都会和他擦身而过，除了这身可怜的奇装异服和陈词滥调，他将一无所有。

格兰特望向那位苏格兰的年轻人，想看看这扭曲的爱国主义对年轻人的影响。不过，让他心生喜悦的是，苏格兰的年轻人朝湖而坐，甚至不想多看小阿奇一眼。帕特用一种固执的冷漠咀嚼着食物，他的眼睛让格兰特想起了罗瑞·诺克斯："一双像石墙一样的眼睛，上面嵌着碎玻璃。"革命者想用枪炮来影响同胞而不是阿奇的言论。

格兰特想知道这个人以什么为生。"诗"不能维持生计。自由新闻撰稿人也不行，或者像阿奇可能会写的那类新闻也不行。或者他靠"评论"勉强糊口。一些没什么地位的报刊会招聘资历浅的评论家。当然，他还有可能获得资助，不是来自当地一些不满现状又渴望权力的人，就是来自一些想制造麻烦的外国机构。他是政治保安部很熟悉的一类人：失败者，严重的病态虚荣心患者。

格兰特仍然期待着约翰尼或肯尼在中午会送到克伦的报纸，他想提议帕特收竿，既然鱼儿无意咬饵，就不要钓了。但是如果他们现在离开，就得和小阿奇一起走回去，这是避之不及的事。所以他准备继续慵懒地拍着湖水。

不过阿奇好像渴望加入这个钓鱼团队。他说，如果船上能坐下第三个乘客，他很乐意陪伴他们。

帕特的嘴唇再次颤动着话语。

格兰特说："行，来吧。你能帮着舀水。"

"舀水？"这位苏格兰的救世主有些畏缩地说道。

"是的。这船的接缝不太好，进了很多水。"

阿奇想了想，决定是时候赶往摩伊摩尔了（阿奇从来不是走去那儿，他常常都是赶路）。邮件该到了，他还有信要处理。然而，担心他们想起了他从未用过船，于是便向他们介绍自己对船多么在行。去年夏天，他和另外四个人能活着抵达赫布里底群岛的沙滩，都该感谢他的行船技术好。他越是意气风发地讲述这个故事，造谣的嫌疑也越大，好像怕人提问，一讲完就赶紧转移了话题，问起格兰特是否知道这个岛。

格兰特锁上小屋，把钥匙放进口袋，说自己并不知道。于是，阿奇用一种所有者的宽宏大量给予了他们一起分享这座岛屿的权利。刘易斯岛的鲱鱼舰队，明古莱岛的悬崖，巴拉岛的歌曲，哈里斯岛的群山，本贝丘拉岛的野花，还有沙，伯纳雷岛上无边无尽的美丽白沙。

"我想沙子不会唱歌。"格兰特打断他的夸夸其谈说道，然后踏进船里，把船撑离岸边。

小阿奇说道："会，会唱。它们在克拉达岛。"

格兰特惊讶地问道："什么？"

"歌唱的沙。好吧，祝你钓鱼愉快。不过你知道，今天不适合钓鱼，阳光太刺眼。"

阿奇轻轻拍了拍脑袋，再次拿起牧羊人的曲柄杖，沿着河岸大摇大摆地朝摩伊摩尔走去。格兰特一动不动地站在船里，目送着他离去，直到快要听不见说话声时，突然朝阿奇大声喊道："克拉达岛上有行走的石头吗？"

"什么？"

"克拉达岛上有行走的石头吗？"

"没有。它们在刘易斯岛。"

蜻蜓般的身影带着蚊子一样的声音消失在棕色的远方。

3

下午茶的时候，饥肠辘辘的他们拎着五条不起眼的鲑鱼回来了。对于这精瘦的鲑鱼，帕特辩解道，在这样的天儿，除了这种被他称为"蠢货"的鱼，什么也甭想钓到。下山回克伦的最后半英里路，他们就像归家的马一样。帕特像一只小山羊，从一块泥煤跳到另一块泥煤，出门还不声不响的他现在却说个没完。这世界和伦敦河离得好像有星球间隔那么远，格兰特快乐得连皇帝都瞧不上。

当他们在克伦那铺着石板的门口擦鞋时，格兰特意识到自己有些不理智地急着想要去看报纸。因为他讨厌任何人的不理智，更痛恨自己的不理智，他便仔细地把鞋又彻底擦了一遍。

"老兄，你太仔细了。"帕特说着便把自己的鞋子在另一个刮泥器上简单地蹭了蹭。

"鞋上沾着泥进屋是很粗鲁的行为。"

"粗鲁？"帕特问道。正如格兰特所料，帕特认为爱干净是"娘娘腔"的行为。

"没错。邋遢而且不成熟。"

帕特"噢"了一声，随后又悄悄地擦了擦他的鞋。"这破屋连几团泥巴都承受不了。"他边说边再次重申了他的独立自主，随后便像入侵的士兵，风一般冲进了起居室。

起居室里，汤米正在朝热的司康饼上淋蜂蜜，劳拉则在倒茶，布里奇特坐在地上设计排列一套新的东西，还有那只小猎狗正围着桌子打转。除了增添了阳光和炉火相映成辉，这幅画面和昨晚一模一样。有一点不同，那就是屋里的某个地方有一份重要的日报。

劳拉看见了他搜寻的眼神便问是否在找什么东西。

"是啊，在找日报。"

"哦，贝拉拿去了。"贝拉是这里的厨娘。"如果你要看，喝完茶我去她那儿拿来。"

有那么一瞬间，他对劳拉产生了一阵刺痛般的厌烦。在这遥远而偏僻的住所，她太自满，太快乐，丰盛的茶桌，腰带上的一小圈肥肉，还有健康的小孩，体贴的丈夫，她的生活拥有安全感。让她去和一些恶魔抗争，会对她有好处，偶尔也让她悬空摇摆，用无底的深渊来恫吓她。但是，格兰特自己的荒谬解救了他，他知道不是如此。劳拉的快乐里没有自满，克伦也不是逃避现实的避难所。门口，有两只黑白卷毛的小牧羊犬，拍打着尾巴欢迎他们，过去曾被叫作莫斯、格兰或特姆，类似这样的名字。现在，他注意到，它们叫作汤和藏。很久以前，钦敦江的水就已流入特利河。这里再也没有象牙塔了。

劳拉说道："当然，这儿还有《泰晤士报》，不过一般都是昨天的，你可能已经看过了。"

格兰特一边在桌边坐下一边问道："谁是小阿奇？"

"你见过阿奇·布朗了，是吗？"汤米边说边拍着热司康饼的上部，舔着流下来的蜂蜜。

"那是他的名字？"

"以前叫这个名字。自从他把自己选为盖尔民族的捍卫者后，就自称为吉尔莱斯皮克·马克阿隆。他在旅馆很不受欢迎。"

"为什么？"

"你愿意喊一个名叫吉尔莱斯皮克·马克阿隆的人吗？"

"我根本就不想让他来我家。他在这儿做什么？"

"据他所说，是在用盖尔语写一首史诗。直到两年前，他才学会盖尔语，所以我想这首诗不怎么样。他过去在一所陈词滥调、废话连篇、喊喊喳喳的学校学习。你知道：就是群讲低地苏格兰语的男孩儿们。他和他们在一起待了很多年，但是毫无进展，竞争太激烈了。所以他认定低地苏格兰语只是一种卑微的英语，应该被斥责，没有什么比得上回归到一种'古老的语言'，回归到一种真正的语言。所以这个来自外赫布里底群岛的家伙，'屈尊'在格拉斯哥的一家银行做职员，然后刻苦学习了一些盖尔语。有时，他来后门和贝拉聊天，不过贝拉说她一个字也听不懂，认为他'脑袋不正常'。"

劳拉尖酸地说道："阿奇·布朗的脑袋可没问题。如果他没点智慧给自己琢磨出这么个职位，他就会在某个荒凉落后的地区教书，甚至连学校的督学都不知道他的名字。"

"总之，在高地，他很引人注意。"格兰特说。

"他上了讲台更糟糕，就像是游客带回家的糟糕的纪念品玩偶，仅仅像个苏格兰人而已。"

"他不是苏格兰人吗？"

"不是。他的体内连一滴苏格兰的血液都没有。他的父亲来自利物浦，而他的母亲姓奥汉拉汉，是一个爱尔兰人。"

格兰特说道："真奇怪，怎么所有最顽固不化的爱国人士都是外来者，我想他在这些仇外的盖尔人中不会取得太大的进展。"

劳拉说道："他还有一个比这更糟的不利条件。"

"什么？"

"他的格拉斯哥口音。"

"没错，非常令人讨厌。"

"我不是这个意思。我的意思是，每当他开口时，都在提醒他的听众，他们可能被格拉斯哥人统治：比死亡还要糟糕的命运。"

"当他谈到美丽的岛屿时，曾提过一些'会唱歌'的沙。关于这事你知道吗？"

汤米不是很感兴趣地说："好像知道，在巴拉岛或伯纳雷岛之类的地方。"

"他说在克拉达岛。"

"是的，可能是克拉达岛。你觉得小度湖上的船还能用一两个季节吗？"

"现在我能去找贝拉拿《号角报》了吗？"帕特问道。他用牧羊犬迅速吃光偷来美食的速度，狼吞虎咽地吃了四块司康饼和一大块蛋糕。

他的妈妈说道："如果她看完了。"

帕特说道："嗯，这么长的时间她应该看完了，她就只读点关于星的内容。"当帕特身后的门关上时，格兰特问道："星？电影明星吗？"

劳拉说："不是，是大熊座和类似的种种星座。"

"噢。这一天就是由天狼星、织女星和五车二来安排的。"

"是的。贝拉说，在刘易斯岛，他们都等着看这种预测。每天在报纸上可以看见未来，是很方便的事。"

"帕特要《号角报》做什么？"

"当然是看连环画。两个叫托利和斯内布的东西。我忘了它们是鸭子还是兔子。"

所以格兰特得等到帕特看完托利和斯内布的连环画，那时劳拉和汤米都离开了，一个去了厨房，一个去了屋外，留下他和那个沉默的小孩儿单独在一起。布里奇特坐在垫子上，不断地重新排列着她的宝贝。格兰特一本正经地从帕特那儿接过整齐折好的报纸，当帕特一走，他便怀着克制已久的兴趣打开了报纸。这是一份苏格兰版本的报纸，除了中线处，报上挤满了地方性的新闻，但是好像没有关于昨天铁路事件的报道。他来回翻看着一堆无关紧要的东西，就像是一只小猎狗在凤尾草中搜寻。最后他找到了：一个专栏的下方有一段极小的文字，夹在自行车事故和百岁老人之间，用一个不显眼的标题写到"一个男人丧命于火车上"。标题下面是一段简单的叙述：

昨天早晨，飞速高地列车抵达终点后，发现有一名旅客于夜里死亡。这位年轻的法国人名叫查尔斯·马丁。据了解死亡是由自然原因造成，但因为死亡事件发生在英格兰，所以尸体正被运回伦敦进行尸检。

"法国人！"格兰特大声地说道，布里奇特从她的玩具中抬起头看着他。

法国人？当然不是！肯定不是吗？

那张脸，是法国人。可能是。那张脸很可能是法国人。但是那笔迹，那正是英文的学生字体。

那张报纸根本就不是B7的吗？

只是他捡的吗？可能是上火车前，在他吃饭的餐馆里捡的。车站餐厅的椅子上，吃饭的人习惯把不要的报纸扔在那儿。就此而言，报纸或者是在他的家里拿的，或者是任何他住过的屋子。他有很多种偶然获得这份报纸的方式。

当然，他可能是个在英格兰受教育的法国人，所以那种圆润潦草的笔迹取代了他所传承的优雅细长的斜体字。这和 B7 是那些铅笔字诗句的作者，并没有任何根本性的冲突。

但仍然很奇怪。

如果是猝死，尽管是非人为的自然死亡，古怪的地方仍然很重要。当他初次和 B7 联系在一起时，他离开了自己的本职工作，从整个世界孤立出来，他只把这当作任何一个喝醉的百姓会发生的事情来考虑。B7 对于他而言，仅仅是一个年轻的死者，他死在了满是酒气的卧铺房间里，并且遭到愤怒急躁的卧铺车厢乘务员的粗暴对待。现在，事情变得截然不同，年轻人成了尸检的对象。一件专业性的事情，这件事受规章制度的约束，这件事得循规蹈矩，小心谨慎地处理。格兰特第一次意识到，如果从正统的观念深究，他拿走那份报纸是有点不合规矩。完全无意地拿走报纸，也是一次偶然的偷窃行为。如果分析起来，这是毁灭证据。

当格兰特正在思考这个问题时，劳拉从厨房回来了，说道："艾伦，我想让你做点事。"

她拿着个缝补东西的篮子坐到他旁边的椅子上。

"什么事都可以。"

"有件事让帕特做，可他固执地不肯做，你去劝劝他。你是他的英雄，他会听你的。"

"该不会是关于献花的事吧？"

"你怎么知道的？他已经和你说啦？"

"早上在湖边，他只是提了一下。"

"你没站在他那边，是吗？"

"你才是我的后台！没有。我就表达了我的看法，认为那是个很大的荣誉。"

"他被说服啦？"

"没有。他认为整件事情就是'胡闹'。"

"是这样。这个礼堂已经非正式地使用了几个星期，这是峡谷的人花了很多钱和精力才建起来，所以得大张旗鼓地搞个开幕仪式才像话。"

"不过一定得要帕特来献花吗？"

"没错。如果他不献，就会由麦克法迪恩的威利献。"

"劳拉，你别吓我。"

"如果你见过麦克法迪恩的威利就知道我没吓你。他看起来就像一只肿大的青蛙。他的袜子总是掉着。这本来是小女孩儿的事，不过在峡谷没有适龄的女孩儿。所以就落在了帕特和麦克法迪恩的威利身上。除了帕特看起来更漂亮，而且克伦的人也该做。别说为什么，别说我吓你。你就看看怎么把帕特说服了。"

格兰特笑着对她说："我试试。他的子爵夫人是谁？"

"肯塔伦夫人。"

"那个遗孀？"

"你是说寡妇。目前为止，这里就她一个肯塔伦夫人。她的儿子还太小，没有结婚。"

"你怎么请到她的？"

"在圣路易斯时，我和她在一所学校。"

"哦，要挟。友谊地久天长的强迫手段。"

劳拉说："完全没有强迫。她很高兴来做这事。她是个可爱的人。"

"让帕特做这件事的最好方法，就是让肯塔伦夫人在他的眼里变得有吸引力。"

"她很有魅力。"

"我不是说那种。我的意思是让他钦佩夫人所擅长的某样东西。"

劳拉半信半疑地说："假蝇方面她可是行家。但我不知道帕特是否会感兴趣。他认为谁不会钓鱼就不正常。"

"我想你不能让她带点革命者的倾向。"

"革命者！"劳拉说着两眼放光，"有主意了。革命者。她过去有点共产主义倾向。她说过，'这样做就为了气迈尔斯和乔治亚娜'——她的父母。她从没当真，她很漂亮不需要干革命。但是我可以在这个基础上添油加醋。没错，我们可以让她成为一个革命者。"

格兰特看着她缝补的针穿梭在毛袜间，想到女人真奇怪！随后他又继续考虑自己的问题。当他上床的时候，仍然考虑着这个问题。在睡着之前，他决定早晨给布莱斯写封信。这封信的全部意图就是汇报他来到这个健康的环境后，有希望比医生预期的时间提早康复，但是在这期间，他会借机把自己偶然获得报纸的事穿插进去，想把它交给相关的人士。

新鲜的空气和毫无杂念的意识，让格兰特不受惊扰地酣睡过去，又在无限的寂静中醒来。不仅户外一片寂静，就连室内也寂静得让人恍惚。格兰特突然想起今天是星期天，峡谷不发送邮件，他得一直走到斯库尼去寄信。

早餐的时候，格兰特问汤米，能否借他的车去趟斯库尼寄封很重要的信。劳拉提出开车载他去。所以一吃完早餐，他就回屋写信了，写完后感到很满意。格兰特把B7的事情巧妙地构思进去，就像在整幅图案中进行了看不见的修补。他无法忘掉工作，因为在旅途的终点，他首先面对的就是一具死尸。一位愤怒的卧铺车厢乘务员以为那人只是睡着了，正用力地摇晃着尸体。但是，谢天谢地，那事和他无关。他只是无意间从卧铺房间里拿走了一份报纸。当他在吃早餐的时候，发现了这份报纸。这是份《信号报》，如果不是在报纸最新消息的空白处，有用铅笔潦草写的诗句，他会以为这是他自己的东西。诗句是用英文字体写的英文诗，可能根本不是死者所写。他知道尸检在伦敦进行。如果布莱斯认为报纸有用，他可以把这份小资料交给相关部门。

当格兰特再次下楼时，发现安息日的氛围被破坏了。这个家庭由于战争和反抗而陷入紧张不安。帕特发现有人要去斯库尼（在他乡下人的眼里，周日的斯库尼完全是个吸引人的多彩大都市），他也想去。但另一方面他的妈妈决定让他照例去主日学校。

她说道："能搭个顺风车你该感到很高兴，而不是在这抱怨说不想去。"

格兰特认为，"抱怨"这个词完全不足以描述那像一把火炬一样点燃帕特的强烈反对。他嘀嘀咕咕地抱怨着，就像处于停止状态但发动机仍在转动的汽车。

劳拉提醒他说："要不是我们正好要去斯库尼，你就得像平时一样走路去教堂。"

"哼，谁会介意走路！杜奇和我走路的时候还能好好聊个天。"杜奇是牧羊人的儿子。"我本来可以去斯库尼，却要在主日学校浪费时间，这就是事实。这不公平。"

"帕特，我不会让你说去主日学校是浪费时间。"

"如果你不关心我，你就会彻底失去我。我会死于身体衰弱。"

"哦，什么导致的？"

"缺少新鲜空气。"

劳拉笑了起来。"帕特，你太不可思议了！"不过嘲笑帕特往往是错误的。他像动物一样，把自己看得很严肃。

他愤怒地说："好啊，笑吧！周日你会去教堂给我的坟墓送花圈，那就是你周日做的事，而不是去斯库尼！"

"我没想过要做这么奢侈的事情。最多就是当我偶尔路过的时候，带点大雏菊。去戴上你的围巾，你需要它。"

"围巾！现在是三月！"

"三月也很冷。戴上你的围巾，它能避免你身体虚弱。"

"你这么在意我的虚弱，只是在意你和你的雏菊。格兰特家族一直很吝啬，非常地可怜吝啬。很高兴我是兰金家的一员，很高兴我不用穿那丑陋的红色格子裙。"帕特那条破旧的绿色苏格兰短裙是麦金太尔家的，穿起来比格兰特家的灰色服饰更配他的红头发。这是汤米妈妈的想法，她是一个优秀的麦金太尔人，很高兴看见自己的孙子穿上她所称的文明服饰。

他拖着沉重的脚步坐在汽车后座，压抑着怒火，被他所鄙视的围巾远远地扔到了后座的杂物堆里。

"异教徒不该去教堂。"他说道。此时他们从石子路驶向大门，松动的石子从轮胎下崩出。

"谁是异教徒？"他的母亲一边问一边注意着路况。

"我。我是伊斯兰教徒。"

"那么你更需要去基督教会来改变信仰。帕特，把门打开。"

"我不想改变信仰。我这样很好。"他拉着门随后再关上。"我不喜欢《圣经》。"当他再次回到车里时说道。

"你不会是个好的伊斯兰教徒。"

"怎么不会？"

"他们也有一些《圣经》。"

"我敢打赌他们没有大卫。"

格兰特问道："难道你不喜欢大卫？"

"一个可怜而又多愁善感的家伙，像个姑娘一样又跳又唱。《旧约》里没有一个人值得我信赖，可以一起去卖羊。"

他笔直地坐在后座中间，反抗的心绪让他无法放松，沉浸在心不在焉的愤怒中，失落的眼睛看着前方的路。这让格兰特想起，他一样可能瘫在一个角落里闷闷不乐，很高兴他的侄子是一个粗鲁、会勃然大怒的人，而不是一个崩溃的小可怜。

这个受伤的异教徒在教堂下了车，依然怒气冲冲，他头也不回地走了，加入侧门那一群孩子之中。

当劳拉再次发动车子时，格兰特问道："他会规规矩矩地待在这儿吗？"

"哦，是的。你知道，他很喜欢这里。当然杜奇也在这儿：他的约拿单。哪天不向杜奇发号命令，才白过了这一天。他知道我不会让他去斯库尼。他只是试试而已。"

"让人印象深刻。"

"是的。帕特是个好演员。"

当帕特的想法从他的脑海里消失时，他们已经又驶出了两英里远。随后，非常突然，他便陷入了帕特离开后所留下的空白之中，意识到自己正坐在车里，被关在车里。他立刻停止了用一个成人的宽容和愉快看着一个孩子的无理取闹，转而变成了一个孩子喋喋不休、惊恐地看着一个巨人怀有敌意地靠近。

他把这边的窗户完全摇了下来，说道："如果你觉得窗户开得太大就告诉我。"

她说："你在伦敦待得太久了。"

"为什么？"

"只有住在城里的人才如此迷恋新鲜空气。乡下人喜欢室内闷热的空气来调剂无休止的户外活动。"

"你要想的话，我就把它摇上去。"虽然他的嘴很僵硬，还是尽力说出了这些话。

"不，当然不用。"她说道，随后继续聊起他们所订购的车子。

那场战争照旧开始了。争论照旧，伎俩照旧，哄骗照旧。格兰特望着敞开的窗户，提醒自己，这只是一辆车，它随时都可以停下，他刻意让自己去思考一个过去的问题，说服自己能活下来就很幸运了。但是恐惧的潮汐伴随着可恶的威胁缓缓涌上来。这股邪恶的潮汐像浮渣让人恶心。现在它充斥了他的胸膛，如此压抑几乎无法呼吸。现在它升到了喉咙，感觉缠绕在他的气管，像钳子一样掐住了他的脖子。此刻就要充塞他的口腔。

"拉拉，停车！"

"停车？"她惊讶地问道。

"是的。"

她停下车。格兰特颤抖着双腿逃出了车子，站在石堤上，吸了一大口的新鲜空气。

她担心地问道："你感到不舒服吗，艾伦？"

"不是，我只是想要下车。"

她用放心的语气说道："噢，就这样！"

"就这样？"

"是啊，幽闭恐惧症。我还担心你病了。"

他苦涩地说："你不认为这是病吗？"

"当然不是。当我去看切达洞穴时，我曾差点被吓死。以前我从来没有进过洞穴。"她关闭了发动机，坐在路边的大石头上，半转着身子对着格兰特，"除了那些我们小的时候称为兔子洞的洞穴。"她把香烟盒递给他。"我以前从没有真正去过地下，我一点也不介意去一次。我满怀渴望，高兴地下去了，但是当我从入口走了半英里，恐惧向我袭来。我吓得直冒汗。你也常这样吗？"

"没错。"

"你知道吗？你是唯一一个偶尔还会叫我拉拉的人。我们都越来越老了。"

格兰特环顾着四周，然后低头看着她，他面部的紧张慢慢消失了。

"我以为你除了老鼠，什么都不怕。"

"哦，是的。我也有很多害怕的。我想，每个人都一样。至少，人都不是一个泥巴。我保持平静是因为我过着吃饱喝足的平静生活。如果像你那样过度工作，我也会是一个胡言乱语的疯子。我可能会同时患有幽闭恐惧症和广场恐怖症，写入医学历史。当然，人会在手持柳叶刀的医生帮助下获得极大的安慰。"

他转过斜靠的身子，在她的旁边坐下，然后伸出拿着烟颤抖的手让她看。

"可怜的艾伦。"

他应和道："确实是可怜的艾伦。这不是产生于地下半英里的黑暗之中，而是产生于一位坐在车里的乘客。他身处一个自由的国家，在这个晴朗的星期天，车窗大敞着行驶在辽阔的乡间。"

"当然，不是。"

"不是？"

"它是源自你连续四年的劳累过度，意识过于敏感。考虑得太多你就会成为一个恶魔。你是太累了。难道你非要患上幽闭恐惧症或中风吗？"

"中风？"

"如果你累到半死，你就要付出代价，不是这种就是那种。难道你愿意付出更普遍的身体健康，患上高血压或心肌梗死？害怕被关在车里总比坐在轮椅里被人推着好多了。至少你还有不必害怕的时候。如果你不想回到车里，我可以去斯库尼帮你寄信，回来的路上再接你。"

"哦，不。我可以。"

"我想你最好不要硬扛？"

"你走到切达谷离地半英里时，尖叫了吗？"

"没有。我不是由于过度劳累而成了一个病理标本。"

格兰特突然笑了："被称为病理标本还真是很安慰人。或者是，你说病理标本的口气让人安慰。"

"你还记得在瓦雷泽，有一次下雨天我们去博物馆，看见瓶子里的标本吗？"

"是的，你在外面的人行道呕吐。"

劳拉立刻说道："好吧，我们午饭吃羊心的时候，你也吐了，因为你看见它被填充的过程。"

他开始笑了起来："劳拉，亲爱的，你根本没有长大。"

她看出儿时作对的氛围说道："很好，你还能笑起来，即使只是笑话我。能继续走的时候就告诉我。"

"现在。"

"现在？你确定？"

"很确定。我发现，被人称为病理标本有很好的治疗效果。"

她很平淡地说："好吧，下次别等到快要窒息了。"

他不知道是什么让他感觉更舒服了：是她理解这种窒息还是她若无其事地接受了这种无理智。

4

　　如果格兰特以为，他的上司会因为他可能会提早康复或是在报纸这件事上的谨慎而高兴，那他就错了。布莱斯依然是那样，与其说是同事，不如说是对手。这是一封典型的布莱斯左右逢源的回信。格兰特读着这封信想，也只有布莱斯可以成功地做到鱼和熊掌兼得。在第一段，他指责格兰特不职业的行为，从一起突发的原因不明的死亡事故现场偷走了一件物品。在第二段，他惊讶于格兰特本该想到，任何像偷窃报纸这样的小事都会打扰到一个繁忙的部门，不过他认为，格兰特离开工作环境，无疑就是由于缺少判断力和做事没有分寸。没有第三段。

　　这张熟悉而又很薄的办公室用纸，给他一种强烈的感觉，他不是不在岗，而是已经被排除在外。这封信真正说的是："我想象不出，你，艾伦·格兰特，为什么要来麻烦我们，不是报告你的健康状况，就是对我们的工作感兴趣。我们对前一个不感兴趣，而另一个与你无关。"他是一个局外人、一个叛徒。

直到现在，读着这封冷嘲热讽的信，那扇门被当面"砰"的一声关上，他才开始意识到，除了他良心需要让部门了解窃取的报纸，他还想紧紧地握住B7。他的信，是获得消息的一个途径，也是一个致歉。别再指望从新闻报道中获得消息。B7已经不是新闻。每天都有人死在火车上。对于新闻而言，它所关注的B7死过两次，一次是事实上的死亡，一次是新闻上的死亡。但是他想知道更多关于B7的事，他不清楚但是希望他的同事会在聊天的时候谈论这个话题。

格兰特想着自己本该更了解布莱斯，他撕掉了这张纸，把它扔进废纸篓里。不管怎样，至少还有威廉姆斯警长，谢天谢地，忠诚老实的威廉姆斯。威廉姆斯会奇怪，某个像他这种警衔和经验的人，怎么会对一个只见过一两次的陌生死者感兴趣，不过他可能会把这归因于闲得无聊。无论如何，和威廉姆斯可以畅所欲言。所以他给威廉姆斯写了信。一周前的星期二晚上，有一位叫查尔斯·马丁的年轻人死于前往高地的夜车上，请威廉姆斯查一下他的尸检结果，在调查过程中，关于这个年轻人还知道什么其他的东西。同时向威廉姆斯夫人及安吉拉和伦纳德致以问候。

两天来，他都处于一种急不可耐的快乐之中，等待着威廉姆斯的回信。他一个池塘一个池塘地查看不适合钓鱼的特利峡谷；他修理小度湖上船体的缝隙；他由牧羊人格雷厄陪伴着行走在山间，汤和藏几乎都跟在后面；他听着汤米计划在家和山坡之间，建一个九洞的私人高尔夫球场。第三天，在邮递时间，他满怀渴望地赶回家。这种渴望，自他十九岁写信给杂志后就再未有过。

当没有他的信时，那种难以置信的心痛不亚于少不更事的年纪。

他提醒自己，他正处于不理智的状态（格兰特通常都会将此视为不可饶恕的罪过）。验尸工作和本部门无关。他甚至不知道哪个部门会承担这次的工作。威廉姆斯得去查出来，而他还有自己的工作，全天二十四小时的工作。让他放下一切，去满足某个正在度假的同事所提出的无聊问题，这太不理智了。

他又等了两天，信就来了。

威廉姆斯希望格兰特别急着工作，他应该休息一下，部门的每个同事都希望他能战胜病魔（格兰特想，不是每一个人，别忘了布莱斯），身体感到越来越好。大家都很想他。至于查尔斯·马丁，他没什么神秘。或者说，如果格兰特所考虑的是关于他的死，那么没什么神秘。他的后脑撞到了瓷制洗手盆的边缘，虽然最后还能爬到床上，但是躺下后很快就因内出血死亡。事实上，他向后倒下完全是由于喝光了纯的威士忌。虽然不至于喝醉，但也足以让他晕晕乎乎。由于火车转向，车厢侧倾导致了后面事情的发生。关于这个男人本身也没什么神秘。在他的物品中，有一捆普通的法国身份证件，他的家人仍然住在他的老家（位于马赛附近）。他们已经有很多年没见过他了。由于一点猜忌，他曾捅了女友惹了麻烦，后来就远走他乡。不过他们已经寄了钱安葬他，这样他就不会被葬在穷人墓地。

这封信非但没有满足格兰特的欲望反而增强了。

格兰特估摸着，当威廉姆斯愉快地拿着烟斗和报纸坐下，而威廉姆斯太太缝缝补补，安吉拉和伦纳德做着作业时，给他打了一个私人电话。威廉姆斯常常会外出去追捕坏人，不知所踪，不过也会遇见他恰好在家。

他在家。

当格兰特恰当地感谢了他的来信后，说道："你说他的家人寄了钱安葬他。难道没人来认尸吗？"

"没有，他们指认了照片。"

"活着时的照片？"

"不，不是。尸体的照片。"

"难道没有人亲自来伦敦指认他？"

"好像一个人也没有。"

"那就怪了。"

"如果他是个坑蒙拐骗的家伙就不奇怪了。骗子都不想惹麻烦。"

"有迹象表明他是个骗子吗？"

"没有，我想没有。"

"他的职业是什么？"

"机修师。"

"他有护照吗？"

"没有。只有普通的身份证件和信件。"

"啊，他有信？"

"是的，就是人们常带的两三封信。一封信是来自一个女孩儿，说她会等他。这下可有得等了。"

"信是用法文写的吗？"

"是的。"

"他带着什么货币？"

"等一下，我找一下记录。嗯——嗯——嗯。二十二镑，十镑，各种纸币；十八便士，两便士和半便士的银币和铜币。"

"全是英国货币？"

"是的。"

"既没有护照又都是英国货币，这样看来他好像在英国待了很长一段时间。我就奇怪为什么没人来认领他。"

"他们可能还不知道他死了。这事没怎么报道。"

"难道他在英国就没什么地址？"

"他的身上没有地址。信不是放在信封里，就塞在钱包里。他的朋友可能迟早会出现。"

"有人知道他要去哪儿吗？或者为什么去？"

"没有，好像没有。"

"他有些什么行李？"

"一个小的旅行包。衬衣、袜子、睡衣和拖鞋。没有洗衣店标签。"

"什么？为什么？东西都是新的吗？"

听到格兰特明显的质疑声，威廉姆斯乐了，说道："不是，哦，不是。非常地破旧不堪。"

"拖鞋上有制造商的名字吗？"

"没有，这种手工做的厚厚的皮革制品，在北非的集市和地中海港口都能找到。"

"还有什么？"

"旅行包里吗？一本法文版的《新约全书》，还有一本黄皮的平装小说，当然也是法文的。都很旧了。"

这时邮局说道："您的三分钟时间到了。"

格兰特又花了三分钟，可是并没有获得更多关于 B7 的解释。除了在法国（好像捅人事件仅仅被当成家庭纠纷）或英国都没有案底这个事实外，对他一无所知。这的确是典型的，关于他的一件积极性的事情却是一个负效果。

"对了。"威廉姆斯说道，"我写信的时候，完全忘了答复你的附言。"

"什么附言？"格兰特问道，随后他便想起自己曾在事后添加的东西。

"如果你没什么事，就问下政治保安处，他们究竟对一个叫阿奇博尔德·布朗的男人，感不感兴趣。一个苏格兰爱国者。问问特德·汉纳，告诉他是我问的。"

"哦，是的，当然。关于那个爱国者。你有空问吗？不是很重要。"

"好吧，前天我碰巧在一辆怀特霍尔的公车上遇见了你说的那个人。他说他对你的鸟没意见，但是他们非常想知道渡鸦是谁。你知道他在说什么吗？"

格兰特乐了，说道："我想我明白。告诉他，我会尽力替他们查出来。就当作一个假期作业。"

"请别想工作了，在这地方因为没有你而陷入崩溃之前，养好身体回来。"

"他穿的鞋子是在哪儿制作的？"

"谁穿的？噢。知道了。卡拉奇。"

"哪里？"

"卡拉奇。"

"是的，我想你说的是这个。他好像会去各地旅游。《新约全书》的扉页上没有名字吗？"

"我想没有。我查阅证据的时候没注意到。等等。哦，是的，我想起来了，没有名字。"

"在'失踪人口'里没有符合他的吗？"

"没有。一个都没有。看起来甚至连一个大概像他的都没有。任何地方都没有他的失踪报告。"

"好吧，谢谢你尽力帮我，而不是让我去溪里钓鱼。有一天我会报答你的。"

"小溪里的鱼上钩吗？"

"小溪几乎都干涸了，剩下的那些池塘里，鱼都蜷缩在很深的凹陷处。这就是我为什么又把兴趣落到了案子上。要是在西南分局那么繁忙的地方，对这案子真是一点兴趣都没有。"

但是他知道不是那样。不是因为无聊才让他对 B7 产生兴趣。他几乎可以说，这是盟约。他对 B7 身份的鉴定怀有好奇感。不是就人的意义来说，而是就身份鉴定感兴趣而言。鉴于格兰特只见过他一次，而且对他什么都不了解，这很不理智。或者他认为 B7 和他一样，也在和恶魔抗争？就这点而开始产生一种私人兴趣，一种捍卫的情感？

他曾猜测 B7 的天堂就是遗忘。他之所以这样想是因为卧铺房间里弥漫着威士忌的酒气。但是这个年轻人毕竟没有满身酒气，他真的没有喝很多酒，只是有一点醉。他向后倒，撞在了坚硬的圆形物体洗手盆上，这种事谁都可能发生。他那如此奇怪的被守卫着的天堂终究不是遗忘。

他的注意力转回到了威廉姆斯正在说的话。

"你说什么？"

"我忘了说，那个卧铺车厢乘务员的看法是有人在尤斯顿站为马丁送行。"

"为什么事后才说？"

"噢，我想他没多大帮助，就是卧铺车厢的这家伙。现场的警官说，他好像把整件事情视为个人的耻辱。"

老酸奶好像真的是这样。

"他说了些什么？"

"他说，在尤斯顿站，当他穿过走廊时，马丁正和某个人在卧铺房间里。另外一个男人。他看不见那个男人，因为马丁面朝着他，门半掩着，所以他注意到的就是马丁在和另一个男人说话。他们好像很开心，很友好，正聊着抢劫。"

"什么？"

"你明白我的意思？验尸官也说：'什么？'铁道部门的那个家

伙说他们正在聊‘抢卡利’，因为没人能抢劫足球队，那肯定就是旅馆了。在苏格兰，所有的旅馆不是叫韦弗利，就是叫卡利多尼亚。一般称为‘卡利’。他说，他们谈及此事时并不是很严肃。”

“关于送行的人，他就看到这些。”

“是的，就这些。”

“他可能根本不是送行的人。他可能只是火车上遇见的一个朋友。在卧铺乘客名单中看见了他的名字，或是他经过的时候看到的。”

“是的，只可惜你期待的那个朋友早晨该再次出现。”

“不一定。尤其是如果他在火车的远端下车。搬运尸体是很谨慎小心的，我怀疑乘客是否知道有人死了。在救护车到达的时候，火车站的乘客早就走完了。我知道这点，是因为当救护车在忙碌的时候，我都快吃完早餐了。”

“是的。卧铺车厢那家伙说，他认为另外那个男人是送行的人，是因为他戴着帽子，穿着大衣站在那儿。他说，通常当人们在火车旅途中闲聊时，会把帽子摘了。他说他们做的第一件事就是把帽子扔在行李架上。我的意思是，当他们到了自己的卧铺房间时。”

“说到卧铺乘客名单上的名字，这个卧铺是怎么订的？”

“打电话，不过他是自己取的票。反正，是有一个黑瘦的男人取的。提前一个星期订的。”

“好的。继续说关于酸奶的事。”

“关于谁？”

“那个卧铺车厢乘务员。”

“哦，这个。他说大约在火车驶离尤斯顿站二十分钟后，他沿着火车收车票时，马丁去了卫生间，不过在镜子下的一个小架子上，事先放着他的卧铺票和露着半张去斯库尼的票。乘务员拿走了票，并在本子上把它们做了区分。当他经过卫生间时，敲门说：‘先生，你是 B7 吗？'马丁说是的。乘务员说：'先生，谢啦，我把你的车票拿走了。早晨你要茶吗？'马丁说：'不，谢谢，晚安。'"

"所以他有一张返程票。"

"是的。那半张返程票在他的钱包里。"

"好吧，看起来所有这些都再清楚不过了。即使没人打听他，或认领他的尸体，可能都是由于他去旅行，人们没想要收到他的信。"

"而且这事也没怎么宣扬。我想他的亲人不会费事在一份英文报纸上登寻人启事，他们只会在自己当地的报上登个启事，那里的人认识他。"

"警察说什么？"

"哦，没什么特别的。死前大约一小时吃了少量的饭，胃部有大量的威士忌，血液里也有相当数量的酒精，足以让他身体不适。"

"没有提到他是一个酒鬼？"

"哦，不是，不是一个堕落的人。头部和肩膀的伤都有一段时间，但其他方面是很健康的人，甚至可以说是强壮。"

"他有一些老伤？"

"是的，不过是很久以前。我的意思是，和这次无关。他曾有过颅骨破裂和锁骨断裂。恕我无礼或冒昧地问一下，你为什么对一个简单的案子这么感兴趣？"

"警长，帮我，如果我知道就会告诉你，我肯定是犯傻气了。"

威廉姆斯同情地说道："你很可能就是太无聊了。我自己就是在乡村长大的，从没去看过草的生长。乡村是个被高估的地方。所有东西都距离太远。一旦溪水开始流淌起来，你就会忘了马丁先生。这里现在下着倾盆大雨，你那里可能不用等多久就会有雨。"

事实上，那天晚上特利峡谷并没有下雨，却发生了其他的事情。寒冷晴朗的无风天气给这地方带来了微风。风如此柔和温暖，阵阵风中空气潮湿凝重，地面湿滑，从山顶流下的雪水，将河床从一个堤岸满溢到下一个堤岸。迅速上涨的棕色河水带来了鱼，它们跳出岩石裂缝在阳光下闪着银光，从两石之间顺势而上。帕特从假蝇盒里取出他的宝贝发明（它在盒里有专用的隔间），用一种校长颁发证书时那种很正式的慈爱，把它交给了格兰特。他说："你会好好保管它，是不是？我用了好长时间制作。"正如他的母亲所言，这东西挺吓人。格兰特认为它很像是用作女人帽子的某种东西，但是他知道，他是被挑选出来作为唯一一位值得拥有这份荣耀的接受者。他很高兴地接受了这只假蝇，把它小心地放在盒子里，希望帕特不会监督他的使用。但是在接下来的日子里，每当他挑选一只新的假蝇，都会看见那个可怕的东西，并被小侄子对自己的认可温暖。

格兰特在特利河，那打着漩儿的棕色水边，度过了快乐和轻松的日子。河水清如啤酒，泛着白色的泡沫，耳边听着音乐般的水流声，日子充满了快乐。潮湿温和的空气形成露珠滴在他的花格呢上，榛树的树枝掉在他的后脖颈。

近一个星期以来，他想的是鱼，谈的是鱼，吃的还是鱼。

随后的一天晚上，在平转桥下他钟爱的池塘上，受到惊吓的他失去了自满的生活状态。

他看见水中有一张男人的脸。

在他的心脏跳出来之前，他意识到那张脸不是在水面上，而是在他的眼里。那是一张死人苍白的脸，还有一对轻率的眉毛。

他诅咒着，把假蝇用力地远远扔进池塘里。他和 B7 结束了。他是在完全误解的情况下，对 B7 产生了兴趣。他认为 B7 也受着恶魔的纠缠。他给自己创建了一幅荒谬的 B7 的图形。在 B7 的卧铺房间，这个酒徒的天堂不过是打翻的威士忌酒瓶。他对 B7 不再感兴趣。一个非常普通的年轻人，身体健康却在一次夜晚旅途中，以一种很没有尊严的方式结束了生命。他用手和膝盖爬行直到断气。

他身体里的一个声音说道："但是他写下了那些关于天堂的诗句。"

他对那个声音说："他没写。没有丝毫证据显示他做过任何这样的事。"

"这儿有他的脸，不是一张普普通通的脸。这张脸，你初次看见时就屈服了。你根本老早就开始想着他的天堂。"

他说："我没有屈服。我的工作会让我情不自禁地对人产生兴趣。"

"是吗？你的意思是，如果满是威士忌酒气的卧铺房间，住的是一个肥胖的商务旅客，留着像修建糟糕的篱笆一样的胡子，脸像煮熟的布丁，你还会感兴趣？"

"我会。"

"你说谎，你这个不诚实的浑蛋。从你看到 B7 的脸，并留意到酸奶粗暴地对待他那一刻起，你就是 B7 的捍卫者。你把他从酸奶的支配中救下来，像一个母亲给她的孩子拉直围巾一样拉直了他的夹克。"

"闭嘴。"

"你想知道他的事，不是因为你认为他的死有什么奇怪，而是因为，你想了解他，就是这么简单。他很年轻就死了，他鲁莽而又有朝气。你想知道当他鲁莽而有朝气的时候像什么样子？"

"好吧，我想知道。我还想知道谁会骑上林肯郡的宠儿，今天市场上我的股份报价是多少，朱恩·凯耶的下一部影片是什么，但是我不会为他们任何一个失眠。"

"不，你没有在你和河水间看见朱恩·凯耶的脸。"

"我不想再在我和河水间看见任何人的脸。没有东西会出现在我和河水之间。我来这里是钓鱼的，没什么能打扰我。"

"B7 来北部也是有事要办。我好奇那是什么事。"

"我怎么知道？"

"反正不可能是来钓鱼。"

"为什么不可能？"

"没有人会去五六百英里远的地方钓鱼，还不带钓鱼装备。如果他很喜欢钓鱼，即使是去租一根鱼竿，至少也会带上自己钟爱的鱼饵。"

"没错。"

"或者他的天堂就是迪尔纳诺。你知道，就是盖尔人的天堂。那里符合。"

"它怎么符合？"

"迪尔纳诺在西边，外岛之外。那是青春之地，永葆年轻的地方。那是盖尔人的天堂。什么'守卫'去往天堂的路？岛上好像有歌唱的沙。岛上立起的石头像人在行走。"

"说话的兽呢？在外岛上也能找到吗？"

"能。"

"能？是什么？"

"海豹。"

"哦，滚开，不要打扰我。我很忙，我在钓鱼。"

"你可能是在钓鱼，但是你什么东西都钓不到。把你的假蝇收起来吧。现在，听我的。"

"我不会听你的。没错，岛上有歌唱的沙！没错！有行走的石！没错，有絮絮叨叨的海豹！这和我毫无关系。我也不认为它们和 B7 有任何关系。"

"没关系？那他去北部做什么？"

"去埋葬一段关系，去和一个女人共度良宵，去攀岩！我怎么知道？我为什么要关心？"

"他会住在某个地方的卡利多尼亚旅馆。"

"他不会。"

"你怎么知道他会住在哪里？"

"我不知道，也没人知道。"

"如果他要住在韦弗利旅馆，怎么会有人荒唐地说'抢卡利'？"

"如果他要去克拉达岛——我打赌在克拉达岛上没有叫卡利多尼亚的旅馆——如果他要去克拉达岛，他会经过格拉斯哥和奥本。"

"不一定。从斯库尼去那里更快更舒服。他可能不喜欢格拉斯哥。很多人都不喜欢。今晚你回家的时候，为什么不给卡利多尼亚旅馆打个电话，搞清楚是不是有一个叫查尔斯·马丁的打算入住？"

"我不会做这种事。"

"如果你像那样拍打水面，你会把河里所有的鱼都吓跑。"

晚饭时间，他怀着糟糕的心情回到了家，不但毫无收获，还失去了心里的平静。

当一天的工作完成，孩子们上床去了，起居室一片昏昏欲睡的宁静。格兰特的眼睛在书和屋子另一端的电话间徘徊。电话放在汤米的桌上，用它潜在的能力挑逗着他，静静地释放着无限的允诺。他只要拿起听筒，就能和一个身在美国太平洋沿岸的人通话，就能和一个住在大西洋荒岛上的人通话，就能和一个位于地面两英里上空的人通话。

他可以和斯库尼的卡利多尼亚旅馆的一个人通话。

他抗拒着这个想法，变得越来越恼火，就这样过了一个小时。随后劳拉去喝睡前酒，汤米去放狗，而格兰特则一个俯冲来到了电话旁。这个动作相较于任何文明穿过屋子的方法更接近于橄榄球的抱摔。

他拿起了听筒才意识到自己并不知道电话号码。他把听筒放回听筒架上，感到自己获救了。他转身返回去看书，却拿起了电话簿。直到他和斯库尼的卡利多尼亚旅馆通了电话，他才能恢复平静，付出一点点愚蠢就能获得平静，很值。

"斯库尼 1460……卡利多尼亚旅馆？你能告诉我，在过去两周的任何时间里，有一位叫作查尔斯·马丁的先生在这订了房间吗？……好的，谢谢，我等会儿……没有？没有那个名字……哦……非常感谢。不好意思打扰了。"

他猛地放下了听筒，想到就这样了。对他而言，B7 的事毫无疑问地结束了。

他喝了杯美味的睡前酒，然后上床去，清醒地躺在那儿看着天花板。他关了灯，使用自己治愈失眠的方法——假装让自己醒着。他很早以前就发明出这个方法，前提很简单：人类的天性都是做一些被禁止的事情。到目前为止，从未失灵过。他只要假装不睡觉，眼皮就会垂下来。这种假装不睡觉消除了睡眠的最大障碍，越是害怕睡不着就越是睡不着。

今晚，他的眼皮像往常一样闭上了，但是那首简单的诗在他的脑海里转啊转啊，就像笼子里的老鼠。

说话的兽，

停滞的河，

行走的石，

歌唱的沙……

停滞的河是什么？岛上有和这东西相符的吗？

不是结冰的河。岛上很少有雪或霜冻。那么，是什么？河水流进了沙地，然后停滞了？不，不真实。停滞的河。停滞的河？

或许，图书管理员会知道。斯库尼肯定有一个相当好的公共图书馆。

那个声音说："我以为你不再感兴趣啦？"

"见鬼去吧。"

他是一名机修师。什么意思？机修师。这个词包含了无限的可能性。

无论他做什么，他能乘坐英国铁路的头等车厢旅行就很成功了。过去这是百万富翁特有的。他能花钱去旅行，而从小旅行包判断只是一次短暂的访问。

或许，是为了一个姑娘？那姑娘答应等他？

但他是法国人。

一个女人？英国男人不会为了一个女人穿越五百英里的土地，但是一个法国男人会。尤其是一个会因女友眼神迷离而捅她的法国人。

> 说话的兽，
>
> 停滞的河，
>
> ……

哦，上帝！别再来了。玛菲特小姐坐在小土墩上吃酥酪。嘀嗒，嘀嗒，钟声响。头脑简单的西蒙遇见卖馅饼的去集市，头脑简单的西蒙对卖馅饼的说让我尝尝你的货物。骑着木马去班伯里十字架——在你冲动地想要写下东西之前，你的想象力必须被制止。如果你的想象力太活跃，你就会被想法所奴役，变成一个固执己见的人。你会为你所描绘的庙宇而痴迷，然后工作几年赚够钱，空出时间去那里。更极端的情况下，它会变成一种强制力。让你放下一切，去找寻那个引诱你的东西：一座山，博物馆里的一个绿色头像，地图上未标明的河流，一点点的帆布。

B7 的想象力是如何驾驭他？足以让他出发去寻找，还是只让他将其写下来？

因为他曾写下这些铅笔字的诗句。

当然是他所写。

这些诗句属于 B7，就像他的眉毛，就像那些学生字体都属于他。

那个声音挑衅地说："那些英文字？"

"是的，那些英文字。"

"但他是马赛人。"

"他可以在英格兰接受教育，不是吗？"

"所以你立马就告诉我，他根本不是法国人。"

"是的。"

但是，当然，那只是进入了梦幻的国度。B7 毫无神秘可言。他有身份，有家庭和亲人，还有一个等待他的姑娘。他的确是个法国人，只是偶然用英文字体写下了英文诗。

"他可能是去克拉伯罕上学。"他厌恶地对那个声音说道，随后便睡着了。

5

　　早晨，伴随着右肩的风湿病，格兰特醒来了。他躺着，想着想
着就乐了。你的潜意识和你的身体共同作用时所能达到的效果是巨
大的。它们会给你提供任何你想要的借口。一个非常完美而且诚恳
的借口。他知道，每次妻子要去探亲访友之际，丈夫就会发高烧，
出现流感的症状。他知道，女人们如此强悍以至于看见挥舞的剃刀
都无动于衷，可是当被问到难堪的问题时却会完全晕厥以致不省人
事。（"被告已经昏过去十五分钟了，是警察的盘问对她造成了如此
大的迫害吗？""她确实是晕过去了。""不可能是装晕，是吗？""医
生说她正处于性命攸关的时刻，很难让她苏醒。""她垮了，是警察
盘问的直接结果。"）哦，是的。你的潜意识和你的身体可以一起策
划出无限的状况。今天它们策划的是让格兰特远离河边。今天，他
的潜意识想去斯库尼，和公共图书馆的管理员聊天。此外，他的潜

意识还记得今天是集日，汤米会开车去斯库尼。所以他的潜意识开始作用于永远阿谀奉承的身体，随后它们一起让疲劳的肩部肌肉变成无法活动的关节。

好极了。

格兰特起床穿上衣服，每抬一次胳膊都会痛得缩手，然后下楼请汤米搭他一程。虽然汤米对于他的胳膊无法动弹感到伤心，但也很高兴有他做伴。在这个春季温暖的早晨，他们愉快地相伴而行。格兰特也满心欢喜，往往搜寻消息都会让他感觉如此。当他们驶过斯库尼的远郊时，他才想起自己正坐在车里，被关在车里。

他顿时感到莫大的喜悦。

他答应汤米，在卡利多尼亚饭店碰面吃午饭，然后便去找公共图书馆了。可是没走多远，他就又冒出了一个新的想法。仅仅几个小时前，飞速高地列车应该才咔嗒咔嗒地驶入斯库尼的铁轨道岔。飞速高地列车是夜间行驶的，全年二十四小时运行，早晨时驶入斯库尼。因为火车员工习惯按照固定班次，交替上班下班，所以，有可能今早驶入斯库尼的飞速高地列车上有默多·加拉赫。

他换了方向，前往火车站。

格兰特向一位搬运工打听道："今早伦敦邮政列车抵达时，是你当班吗？"

"不是，是莱切。"搬运工说道。他噘起嘴，发出一阵口哨，脑袋向后倾斜一英寸召唤远处的同事，然后回头继续读《号角报》的赛马版。

格兰特便前去找那位正在慢悠悠向前走着的莱切，问了相同的问题。

没错，是莱切当班。

"能告诉我，默多·加拉赫是不是这趟车的卧铺车厢乘务员？"

莱切给以肯定的答复，这个牢骚满腹的老家伙是在这趟车。

"莱切能说说现在去哪儿能找到这牢骚满腹的老家伙吗？"

莱切朝上瞟了眼车站的表，已经过了十一点。

"是的，莱切知道他在哪儿。他会在老鹰酒吧等着有人来请他喝一杯。"

所以，格兰特去了斯库尼车站后面的老鹰酒吧，发现莱切基本是对的。酸奶确实在这儿，正懒洋洋地喝着半杯啤酒。格兰特给自己要了杯威士忌，看见酸奶竖起耳朵认真地听着。

"早上好。"他友好地朝酸奶打着招呼。"上次见过你以后，我钓到了好多鱼。"他高兴地留意到酸奶的脸上浮现出期待的表情。

他装作想起了格兰特，说道："先生，对此我感到很高兴，非常高兴。是在泰河，是吗？"

"不是，是在特利河。顺便问一下，你当班时死去的那个年轻人死因是什么？我走的时候你正试图把那人叫醒。"

此后就容易了。酸奶依然对那个小伙所招来的麻烦愤怒不已。他甚至得在闲暇时去参加审讯。格兰特想，就像对待一个刚学会跑的小孩儿一样容易，只需要碰触一下就能引导他到任何要求的方向。

酸奶不仅仅是讨厌参加审讯，他讨厌审讯还讨厌和审讯有关的每个人。在他的怨恨和两杯双份威士忌的共同作用下，他给格兰特提供了关于每个人、每件事最详细的描述。这是格兰特有史以来钱花得最值的一次。酸奶从开始到最后全程参与了此事，从 B7 第一次出现在尤斯顿站到验尸官的结论。作为一个信息来源，他将十分可靠，而且说起来就像啤酒龙头滔滔不绝。

格兰特问道："以前，他搭乘过你这趟车吗？"

没有，酸奶以前从没见过他，以后再也不会看见，这让他感到很高兴。

此话让格兰特的满意立刻变成了腻烦。再和酸奶多待一会儿，他就会吐出来。格兰特离开了老鹰酒吧的柜台，前往公共图书馆。

这栋无法形容的丑陋图书馆，是用猪肝红的石头修建的怪物，但自打遇到酸奶后，它倒像是一朵美丽的文明之花。迷人的图书馆助理，还有一位瘦瘦的图书管理员。他透着点陈腐的优雅气质，领带比眼镜的黑色丝带还窄。要清除太多默多·加拉赫的印象，这里再好不过。

小个子的陶利斯科先生是来自奥克尼群岛的苏格兰人——他指出，奥克尼群岛根本不属于苏格兰——他对这些岛屿不仅感兴趣而且知之甚多。他知道克拉达岛上所有关于歌唱的沙的事情。其他岛也有自诩为歌唱的沙（每个岛屿一听到邻岛拥有什么新的东西，便也想拥有，不管是个码头还是传说），不过克拉达岛才是原型。它们像很多岛屿的沙一样，铺在大西洋之边，面朝波涛滚滚的海水，眺望着迪尔纳诺。格兰特先生可能知道那就是盖尔人的天堂，永葆青春的地方。每个人都会想出一个自己的天堂。很有意思，不是吗？一个满是可爱女人的天堂，一个遗忘的天堂，一个拥有无尽的音乐，不用劳作的天堂，一个尽情狩猎的天堂。陶利斯科先生认为，盖尔人的想法是最美丽的青春之岛。

格兰特打断了他关于相对极乐的分析，询问道是什么在唱歌。

陶利斯科先生说这是一个争论未决的问题。事实上，你怎么解释都可以。他曾亲自走在这些沙上面。美丽的海边绵延数英里纯净的白沙。当人走在上面时，它们就会"唱歌"，但他本人认为描述成"嘎吱嘎吱"更形象。另外，任何一个风平浪静的日子——这样的日子在岛上并不罕见——那精细的几乎看不见的表层沙子，沿着宽阔的沙滩被吹了起来，这种情况下，它们真的就是在"唱歌"。

格兰特让他从沙谈到海豹（这些岛屿好像充满了海豹的故事，

海豹变成人或人变成海豹，因此他们相信，岛上有一半的人都流淌着某种海豹的血液），又从海豹谈到行走的石头。陶利斯科先生对各类知识都很感兴趣，还能提供很多资料。但是关于河流他难住了。克拉达岛上的河流，是唯一一样和其他地方的河流完全相像的。除了它们常常流进小湖或融入沼泽中，克拉达的河流也只是河流，是水在寻找同一水平水域的过程。

在去找汤米吃午饭的路上，格兰特想着从某种意义上来说的"停滞"。流进停滞的水里，流进沼泽里。因为要对称，B7才用了这个字。他想找一个和沙对称的字。

汤米带了两个牧羊人同伴一起来吃午饭。格兰特心不在焉地听着他们的谈话，羡慕他们那无忧无虑的眼神和悠闲自得的样子。没有什么会困扰这群规规矩矩的人。他们的牲畜时而会因命运的打击而大批死亡，如猛烈的暴风雪或迅速传播的疾病。但是他们自己依然处之泰然，就像孕育着他们的丘陵一样。高大的小人物们，充满了小幽默和易于满足的心。格兰特完全意识到，困扰他的B7是一个非理智的事情，不正常，它是自己疾病的一部分。在他清醒的意识里，他不会再想B7的事。他厌恶自己困扰纠缠于此。它既是他的祸根又是他的避难所。

但是他和汤米一起驾车回家时，心情比出发的时候好很多。实际上，关于法国机修师查尔斯·马丁的打探毫无收获，他现在还是一无所知。不过他心情好些了，好了很多。

那天晚饭后，格兰特扔掉了关于欧洲政治的书，昨晚他的兴趣还在此书和汤米的电话，现在转而在书架上寻找关于岛屿的书籍。

"艾伦，你是特意在找什么东西吗？"劳拉从《泰晤士报》里抬起头问道。

"我在找一些关于岛屿的书籍。"

"赫布里底群岛吗？"

"没错，我想找本关于它们的书。"

劳拉逗趣地取笑道："哈哈！这儿有关于它们的书嘛！亲爱的，这儿有全部的文献资料。在苏格兰，不写本关于岛屿的书那才是与众不同。"

"你有吗？"

"我们几乎有所有关于它们的书。每个来过这里的人都会带一本这样的书。"

"他们怎么没有带走？"

"等你看了它们后，就知道为什么了。在最下面的那层架子就能找到。一整排都是。"

他开始仔细查阅那一排书籍，用熟练的眼神迅速提取着书籍的主要内容。

劳拉问道："怎么突然对赫布里底群岛感兴趣啦？"

"小阿奇谈到的那些歌唱的沙让我印象深刻。"

"这一定是第一次，小阿奇说过的话被记在了某个人的脑海里。"

"我想他妈妈该记得他说的第一个词。"《号角报》后的汤米插话道。

"好像迪尔纳诺就在歌唱的沙西面，只有一步之遥。"

劳拉说："美国也是。比迪尔纳诺更靠近岛民所想的天堂。"

格兰特重述了陶利斯科先生关于天堂相对论的讲话，然后提到盖尔人是唯一一个把天堂想象成青春国度的民族，很让人喜欢。

劳拉讽刺道："他们也是唯一不会说'不'的民族。这比他们那个永恒的想法更能揭露他们的特点。"

格兰特抱了一堆书回到火炉边，开始从容地翻阅起来。

"很难想象一个民族从未发展出一个单词来表达'不'的观念，不是吗？"劳拉沉思着说道，然后继续看《泰晤士报》。

这些书从科学到纯粹的想象各不相同。从海藻的燃烧到圣徒和英雄。从观鸟到灵魂朝圣。这些书千差万别，从让人佩服但枯燥乏味到难以置信的糟糕。好像每个曾到访过这个岛屿的人都会抑制不住地要书写它们。在一些较为严肃的书籍中，它后面的参考文献堪比罗马帝国。不过，有一样所有人都达成共识：这座岛屿很有魅力。这座岛屿是不断走向疯狂的世界中最后一片文明的避难所。岛屿的美丽超乎想象：岛上遍地野花烂漫，海水环绕，天蓝色的海水冲击着银色的沙滩。阳光灿烂的地方，人们娇艳美丽，还有直击心灵的音乐。野性、悦耳的音乐从时间之初就流传下来，从那个上帝还年轻的时代流传下来。如果你想去那儿，请看附录第三页麦布莱恩轮渡公司的时间表。

直到上床睡觉的时候，格兰特都沉浸在书籍的喜悦中。当他们喝着睡前酒时，他说："我想去看看这些岛屿。"

汤米赞同道："明年订个计划，在刘易斯岛钓鱼非常不错。"

"不是，我的意思是现在。"

劳拉说道："现在去？我还没听过这么疯狂的事。"

"在我肩膀好点之前我都不能钓鱼，所以我还不如去岛屿探个险。"

"在我的照顾下，你的肩膀这两天已经好多了。"

"怎么去克拉达岛？"

汤米说："我想是从奥本走。"

"艾伦·格兰特，别胡闹。如果这一两天不能钓鱼，还能做其他很多事情，不用三月穿越明奇海峡，在海上颠簸。"

"他们说，岛上的春天会提早来临。"

"相信我，明奇那里不会。"

"当然，你可以坐飞机。"汤米说道。他考虑这个问题就像考虑每个摆在他面前的事一样冷静。"如果你愿意，你可以今天去明天回。这个服务很好。"

当格兰特看见表妹的眼睛时，他们陷入了一阵短暂的沉默。她知道他不能坐飞机，也知道为什么。

她贴心地说道："放弃吧，艾伦，比起三月在明奇海峡中央被晃得晕头转向，还有很多更好的事情去做。如果你只是想离开克伦一会儿，为什么不去租辆车——斯库尼有一个很好的汽车行——然后开车去陆上转悠一个星期左右？现在天气也暖和了，西部都渐渐绿了。"

"我不是想要离开克伦。恰恰相反。如果可以我想把整个克伦带上。我只是太着迷于那些沙子。"

他看见劳拉开始从新的角度考虑这个想法，他可以很好地跟着她的思想。如果这是他病态的心理想要的，那么试图阻止反而适得其反。对他从未见过的地方怀有兴趣，是对于一个自我意识冥思苦想的人的一种中和。

"哦，好吧，我想你需要一张列车时刻表。我们有一张，不过很多时候都用来挡门或是垫书架，所以有点陈旧。"

汤米说："就外岛的渡轮服务而言，什么年代的没关系。麦布莱恩轮渡公司的时间表比不变的米堤亚人和波斯人法律还固定。就像人们说的，它们就算不是永恒也近乎于长久。"

随后格兰特找来了列车时刻表，带着它上床去了。

早晨，他从汤米那儿借来了一个小箱子，只装了一周左右所需的必需品。他一直喜欢轻装旅行，独自一人离开会让他感到高兴，甚至是离开他所爱的人（这种特质让他总是孤家寡人）。当他把东西放进小箱子时，竟然吹起了口哨。自从非理智的阴影笼罩着他，把阳光遮蔽后，他就再没有吹过口哨。

他又将自由自在了，自由自在。一个令人愉快的想法。

劳拉答应要开车送他去斯库尼坐前往奥本的火车，但是格兰姆从摩伊摩尔村开车回来晚了，所以他能否赶上火车全在分秒之间。

他们到达时离开车只有三十秒钟，上气不接下气的劳拉把一沓报纸塞进火车车窗，气喘吁吁地说："亲爱的，好好享受。"

他满意地独自坐在车厢里，没有注意到座位旁的杂志。他看着窗外掠过的光秃秃的风景，往西边行驶才慢慢地出现了绿色。他不知道自己为什么要去克拉达岛。当然不是警察意义上的收集消息，他是去——找 B7。这是最贴切的说法。他想去看看那个诗歌里的风景。他昏昏欲睡，还在想 B7 是否曾对人说起过这个天堂。他回想起那笔迹，认为应该不会。那紧紧连着的 M 和 N，是一个不善言辞的人所具备的自我防御。他和多少人谈过这件事都没关系，因为没有办法联系到他们。他不能在报纸上登个广告说：读读这首诗，如果你认识他就请告诉我。

或许——为什么不行？

当他开始重新考虑这个问题时，他的睡意消失了。

在去奥本的路上，他一直在思考着。

他住进了奥本的一家旅馆，点了一杯自我庆祝的酒，然后在享用美酒的时候，给伦敦的每个日报写了封信并附上一张支票，让他们在其私人广告专栏里发布同一则通告，内容是：

"说话的兽，停滞的河，行走的石，歌唱的沙……请认识这诗的人联系摩伊摩尔邮局转交 A. 格兰特。"

他唯一没有发去求助的日报是《号角报》和《泰晤士报》。他可不想让克伦人认为他完全丧失了理智。

当他前往小划艇、准备勇敢地穿越明奇海峡时，他想："如果有人写信来说那是柯勒律治所描绘的世外桃源中的名句，那只能怪我自己是文盲不知道，我活该。"

Singing
The
Sands

6

　　一大簇盛开的玫瑰花从纤细的格子结构上吊下来，构成了墙纸的图案，整个画面透出摇摇欲坠的特征。事实上，这墙纸不但脱落了，而且还在风口晃动，让这一特征越发明显。风从哪里来并非显而易见的事，因为这小窗不但紧紧地关着，而且明显可以看出，大约从本世纪初它被生产出来，然后初次装入这间屋子架构时起，就未曾被打开过。五斗柜上有一面摇晃的小镜子，第一眼看去还是个镜子，第二眼就不是了。它会随意地旋转三百六十度，但却什么也照不出来。一张去年的纸板日历折成四折可以限制它随意旋转，但是提高它的成像能力就肯定无能为力了。

　　柜子的四个抽屉，有两个可以打开，第三个没了把手所以开不了，第四个则完全打不开。一个黑色的铁制壁炉，装饰着红色的皱纹纸，由于时过境迁纸已变成了褐色。壁炉上方挂着一幅版画，画中半裸的维纳斯正抚慰着全裸的丘比特。格兰特想，如果天气还不算很冷的话，那么这幅画就将让人彻底感到寒冷刺骨。

他从小窗望去，下面的小港口里聚集着渔船，灰色的海水沉闷地拍打着防波堤，灰蒙蒙的雨水敲打着鹅卵石，这让他想起了克伦起居室里的柴火。他考虑去床上待着好尽快暖和起来，可是又看了眼床后，打消了这个念头。这张像薄板一样的床上，铺着一床白色蜂窝状的薄棉被，显得更像一张薄板了。在床脚的那头，一个适合儿童摇篮的土耳其红的棉被精心叠成一个样式，棉被上印着格兰特此前从未有幸见过的精致铜把手。

克拉达旅馆。前往迪尔纳诺的门户。

格兰特走下楼，拨了拨起居室里冒着烟的火。有人用午饭的土豆皮压住了炉火，所以他的努力毫无成效。怒火激起了他的诉求，用力摇着铃。只见墙上某处的电线疯狂地舞动，发出刺耳的声音，但铃没有响。他走出起居室，来到大厅，呼啸的风从前门的下缝飕飕地吹进来。他从未用如此激昂的决心来发出一阵喊声，即使在苏格兰场他状态最佳的时候也没有过。一个年轻的女人从后面走出来，盯着他。她的脸有点像实际生活中的圣母马利亚，而腿和身子一样长。

她问道："你在喊什么？"

"没有，我可没喊。你听到的是我的牙齿在打战。在我的国家，起居室里的火是用来取暖，不是用来烧垃圾。"

她看了他一会儿，好像在把他说的话翻译成更易理解的语言，随后走过他的身边去瞧那火苗。

她说道："哦，不会再这样了。你等着，我去给你取点火来。"

她走了，再回来时用一个铲子盛着厨房大部分燃烧着的炉火。在他把一些堆积的残渣和蔬菜从壁炉里移除前，她就将那团燃烧的物质倒在了上面。

她说道:"我去端些茶来,让你暖和一下,托德先生去码头了,看船上的东西来了没,马上就回来。"

她安抚道,好像店主出现了就会自然而然地暖和起来。格兰特理所当然地认为这是她对待客人失礼所表示的歉意。

他坐在那儿看着厨房取来的火渐渐地奄奄一息,好像炉火这才意识到炉床里被丢弃的土豆皮。他尽力从下面把一堆潮湿的黑色物质扒出来,以便提供助燃的风,但那东西扎扎实实地堆积在那儿。他看着火光慢慢熄灭,只有当风刮过把室内的空气吸入烟囱时,才看见零星的红光来回蠕动。他想穿上雨衣在雨中走走,在雨中散步应该会很惬意,但转念想到了热茶,便又留在了屋里。

他看着炉火近一个小时,也没见送茶来。不过店主 N. 托德从港口回来了。一个穿了件深蓝色毛衣的小伙儿跟着他,手里推着个独轮车,载着很大的硬纸箱。他们一进屋就欢迎了客人。托德先生表示未曾想到会有客人在一年中的这个时间到来,他曾看见格兰特从船上下来,当时以为他会住在岛上的某户人家,是来采集歌曲之类的。

他说"采集歌曲"这个词的时候——一种很疏离的声调无法评论——这让格兰特确信他不是本地人。

当被问及时,托德先生说他不是本地人。他在低地有一间还不错的商业小旅馆,但他更喜欢这间。看见客人吃惊的表情,他补充道:"说真的,格兰特先生,我很烦那些总是敲着柜台的人。你知道那种家伙一分钟都等不了。到这里,从没人想过要敲柜台。对于这里的岛民来说,今天、明天或下一周都一样。当你想要办些事的时候,偶尔会有点烦躁,但大多数时间都是舒适而又惬意。我的血压也降了下来。"他留意到了火苗。"凯蒂安给你生的火太糟糕了,你最好来里屋我的办公室暖和一下。"

这时，凯蒂安从门口探进脑袋说，她一直在厨房烧水，因为厨房的火熄灭了，并且询问格兰特先生现在把他的茶和下午茶合在一起享用怎么样。格兰特认为这的确不错。当她离开去准备晚餐时，他向店主要酒喝。

"上一任店主的售酒执照被地方法官收走了，我还没取回来，下一次执照法庭再取。所以我还不能给你售酒，岛上没有一张售酒执照。不过，如果你来里屋我的办公室，我很乐意请你喝杯威士忌。"

办公室很小，闷热的空气让人有些窒息。格兰特倒是很高兴地享受着这像烤炉一样的空气，喝着递过来的劣质纯威士忌。他坐在店主指给他的椅子上，然后在炉火边伸展开双腿。

格兰特说："那么，你不是这个岛上很有威信的人物。"

托德先生笑了笑，顽皮地说："在某一方面来讲，我是。但可能不是你说的那个方面。"

"我要了解这个地方该去找谁？"

"噢，这里有两个权威人物。赫斯洛普神父和麦凯牧师先生。总的来说，可能赫斯洛普神父会更好些。"

"你认为他知道得更多？"

"不，就这点来说，他们大概平分秋色。不过，岛上三分之二的居民都是天主教徒。如果你去找神父，只有三分之一，而不是三分之二的人反对你。当然长老教会的三分之一更难对付，但如果从数量上看，还是去找赫斯洛普神父好些。总之，最好是去找赫斯洛普神父。我自己是个异教徒，所以被两边的人所排斥，但是赫斯洛普神父赞成售酒执照，而麦凯先生则强烈反对。"他又笑了起来，给格兰特再次斟满了酒。

"我认为神父更愿意看见这东西被光明正大地出售，而不是偷偷摸摸地喝。"

"是这样。"

"曾有一位叫查尔斯·马丁的游客在这里住过吗？"

"马丁？没有。我经营的这段时间没有。但是如果你想查阅访客登记簿，它就在大厅的桌子上。"

"如果访客不住在旅馆，他可能会住在哪里？岛民家里？"

"不会。岛上没有人会出租房子。房子太小租不了。他们或者和赫斯洛普神父住一起，或者住在牧师家里。"

等到凯蒂安进来说茶点在起居室备好时，格兰特曾一度僵死的身体，血液又开始自由流动了，他已经饿了。他很期待自己在这个"野蛮世界里的文明小绿洲"所吃的第一顿饭（见《梦想岛》H.G.F.派切马克斯韦尔）。他希望不是鲑鱼或海鳟鱼，过去的八九天里已经吃够了。如果恰好是一份烤海鳟鱼，他也不会嫌弃。烤鱼可以抹点当地的黄油。但是他希望是龙虾——这个岛出名的就是龙虾——要不然一些来自海里的新鲜鲱鱼，切开，在燕麦片里蘸一下再炸。

在这欢乐的岛屿上，他的第一餐是几条没有经过充分晾晒而大量染色的亮橙色阿伯丁腌鲱鱼，格拉斯哥产的面包，爱丁堡一家工厂生产的从未被烘烤过的烤燕麦饼，敦提产的果酱，加拿大产的黄油。唯一当地的产品是一个羊杂碎布丁的麦片粥，没有香味也没有味道的白色食物。

起居室笼罩在没有灯罩的灯光下，比起下午那昏暗的灯光更让人提不起食欲，格兰特逃回自己冰冷的小卧房。他要了两瓶热水，并且向凯蒂安提出，由于自己是这里唯一的顾客，她可以把其余的被子取来给他用。她一反常态，用凯尔特人天生的乐观，将所有的棉被堆在他的床上，咯咯地笑到快要窒息。

他躺在那儿，上面盖了五条填充物稀少的被子，再搭上自己的外套和巴宝莉雨衣，整个东西俨然成了一条上好的英国鸭绒被。当他渐渐暖和起来，才意识到这是间寒冷而又不通风的房间。这是格兰特忍耐的极限，他突然间开始大笑了起来。他躺在那儿笑着，就像有一年没有笑过一样，笑到眼泪流出来，笑到筋疲力尽，在五条各式各样的棉被下感到很快乐很尽兴。

他想，笑肯定对人的内分泌腺起到了无法言语的作用，感觉到幸福的血液在他生命的潮汐里流动。可能，当自己笑话自己的时候更加明显。笑自己与这世界间有趣的荒谬性。他出发前往迪尔纳诺的门户，来到了克拉达旅馆，就够荒谬了。如果这座岛屿什么也没有给予他，他也会认为自己有所收获。

他不再关心屋子里不通风，被子不保暖。他躺着，看着那玫瑰绽放的墙纸，希望劳拉能看见。他想起自己还未搬进克伦那间他一直住着的新装饰的卧室。劳拉在期盼着其他客人吗？可能是劳拉为他所挑选的最新的相亲对象要住到同一个屋檐下？迄今为止，他很高兴能远离女人这个群体，在克伦的每个夜晚都是家庭平静悠闲的夜晚。这么说，劳拉迟迟不表示，是要让他自己站出来点明？当他要缺席摩伊摩尔新礼堂的开幕时，她的遗憾很可疑。在她正常的观念里，根本就不会期望他去参加这样的典礼。她所期待的客人会来开幕式？那间卧房不会是给肯塔伦夫人，因为她从安格斯郡来，当天下午就能返回去。那么这间卧室是为谁重新装修且一直空置着？

当他睡着的时候，这些琐碎的小问题还在他的脑海里翻来覆去地琢磨。只有在早晨，他才会突然想到，紧闭的窗户让他讨厌不是因为它紧闭着，而是因为它让屋子密不通风。

凯蒂安给他端来了两品脱的温水，他洗漱后就心情愉快地下了楼。他感觉很好，吃了那个格拉斯哥的面包，虽然到今早已经又多搁置了一天。他还愉快地享用了爱丁堡的燕麦饼，敦提的果酱，加拿大的黄油，还有一些来自英国中部地区的香肠。他要放弃优雅的奢望，准备接受这原始的存在。

他欣喜地发现，虽然寒风凛冽，天气潮湿，盖得很薄，床很硬，但是他的风湿病完全好了，不再需要潜意识来提供一个借口。大风仍然在烟囱里呼啸着，防波堤溅起无数水花，但雨已经停了。他穿上巴宝莉雨衣，在港口边走着"之"字形绕到店铺前。港口边，有一排房子，只有两家是做生意的：一个邮局和一个供货商。这两家共同提供了岛上所需的一切。邮局也经销报刊；供货商则涵盖杂货、五金、药品、布匹、鞋、烟草、瓷器和船上的蜡烛。架子上的饼干罐旁放着匹带有叶片图案的窗帘布或衣服布，从屋顶吊下来的火腿位于针织内衣间。格兰特注意到，今天有一大木盘，价值两便士烘烤的小糕点，如果女王蛋糕上的标签可信，那么这些是奥本生产的。它们看起来很糟糕，让人没了胃口，就像在硬纸盒里翻来倒去过，这是岛上生活不可或缺的一部分。它们闻起来有股煤油味，不过他想这倒可以不用吃格拉斯哥面包，换个口味。

商店里有几个从港口渔船下来的男人，还有一个身穿黑色雨衣的矮胖男人，这人不是别人正是神父。真幸运。他感觉，即使是长老教会的那三分之一，也不能反对他在公共商店偶然遇见神父。他靠在神父旁边，和他一起等待着正在选购的渔民。后来一切都一帆风顺。神父找他交谈起来，对此他有五个目击证人。此外，赫斯洛普神父还巧妙地把店主邓肯·塔维什拉入了谈话。从赫斯洛普神父称呼他为塔维什先生，而非邓肯这一情况来看，格兰特推测店主不是他的教徒。所以他很开心地混在岛民中挑选煤油味的面包和人造奶油，不会因为他属于哪一边而发生战争。

他和赫斯洛普神父一起走在大风中，朝家缓缓走去。更确切地说他们是一起顶风而行，每次只能摇摇晃晃地向前走几步，在衣服的拍打声中靠大声呼喊来相互说话。格兰特相对同伴的优势在于他没戴帽子，但是赫斯洛普神父不但更矮，而且是那种在大风里理想化的流线型身材。他完全没有棱角。

从狂风中走进一间生着火、温暖而安静的屋子真是件美事。

"莫拉格！"赫斯洛普神父朝屋子的远端喊道，"给我和我的朋友端些茶点。可以来个司康饼，好姑娘。"

但是，莫拉格没有烤，凯蒂安也没烤。她们端上来的都是玛莉饼干，在潮湿的岛上，变得有点软。但是茶很好喝。

因为他知道，对于赫斯洛普神父还有岛上的每一个人而言，他都让人好奇，所以格兰特说他是在苏格兰和亲戚钓鱼，但肩膀伤了，所以不得已放弃了。因为他痴迷于岛屿，尤其是克拉达岛上歌唱的沙，所以便趁这个机会来看看，他可能再也不会遇到这样的机会了。他想赫斯洛普神父很了解这些沙吧？

哦，是的，赫斯洛普神父当然知道这些沙。他在岛上住了十五年。这些沙在岛的西边，面朝大西洋，在岛的另一边，不是很远，格兰特当天下午就可以走过去。

"我宁愿等到天气好转再去。在阳光下欣赏它们会更好些，不是吗？"

"在一年的这个时候，你要想在阳光下欣赏沙子得等上几周。"

"我想春天会提早光临这座岛屿吧？"

神父微笑着补充道："哦，我个人认为，关于那些言论，只是写书人自己的想法。这是我在克拉达岛上的第十六个春天，我还未遇到过春天提早到来。春天也是一位岛民。"

他们谈到天气，冬季的狂风（据赫斯洛普神父所说，今天的只算是轻风），刺骨的潮湿，偶尔田园般的夏日。

格兰特想知道，为什么这样一个鲜有吸引力的地方会唤起那么多人的想象力。

一部分是因为他们所看到的只是一年中最佳的时节——夏天，一部分是因为那些来过后感到失望的人，在他们离开后不愿向自己或朋友承认自己的失落。他们用夸大其词的言谈来平衡。但是赫斯洛普神父自己的理论是，大多数来这里的人都是在潜意识里想要逃避生活的人，他们所看见的即是他们所想象的，于是眼里的岛屿便是美丽的。

格兰特琢磨着这些，随后向他问起，可曾知道一位叫查尔斯·马丁的人，他对歌唱的沙很感兴趣。

不知道，据赫斯洛普神父回忆，他从未遇见过一个叫查尔斯·马丁的。他曾来过克拉达岛吗？

格兰特也不知道。

他走入暴风中，像一个老酒鬼一样，跌跌撞撞地一路小跑被风吹进了旅馆。空荡荡的旅馆大厅有股不知名的热食味，当户外的风从门底呼啸而过时就像一个合唱团在歌唱。他们在起居室里尽量生起了炉火。伴随着走廊里和烟囱里风的呼啸声，格兰特吃着来自南美的牛肉，林肯郡的罐装红萝卜，莫里产的土豆，北伦敦包装的牛奶布丁和伊夫舍姆河谷的罐装水果。现在他不再受制于魔法，心怀感激地用面前的食物填饱他的胃，如果克拉达岛没有给他带来灵魂的喜悦，至少也让他食欲大好。

当安排下午茶时，他说道："凯蒂安，你从来不烤司康饼吗？"

她吃惊地说："你想要司康饼？当然，你要是想吃，我给你烤一些。不过给你的茶点准备的是糕点房的蛋糕——饼干和姜味饼干。你更想吃司康饼是吗？"

想起"糕点房的蛋糕"，格兰特热情地说他想吃司康饼，确实想吃。

她爽快地说："好吧，那么，我给你烤块司康饼。"

他走了一个小时，沿着平坦的灰色道路穿过一望无际的灰色荒原。在他的右边，一座依稀可见的山丘立在远处的薄雾中。所有的一切就像一月潮湿天气里的沼泽地一样激动人心。不时从他左侧刮来的风，把他吹得转到了路边，然后又尽力走回来，真是又好笑又好气。很远的地方，零星的农舍像帽子一样蜷缩在地面上，看不见窗户，也没有人居住的迹象。一些用绳拴着的石头从屋顶垂下来，以抵抗强劲的风力。所有的房子都没有围栏、外屋、花园或树丛。这是最原始的生活方式，四面都是墙，所有东西都用木板围绕。

突然之间，风中嗅到了咸咸的味道。

半个小时之内，在毫无征兆的情况下，他就抵达了，穿过一大片绿色的湿草地，那里夏季必然繁花绽放。无垠的草地绵延到天边，是这无边无际灰色沼泽世界的一部分。他准备走到地平线，却惊讶地发现地平线在海里十英里之外。在他面前的是大西洋；如果不算漂亮，却也宽广单纯。暗绿的水咆哮着冲向岸边，破裂成白色的泡沫。放眼望去，四野之内是无尽的海水和白色的沙地。整个世界只有绿色撕裂的海和沙。

他站在此处放眼望去，才想起最近的陆地是美国。那种从无尽空间产生的可怕感觉自他站在北非沙漠后就再未有过，感觉到人类的渺小。

大海如此突然地出现，汹涌澎湃得势不可当。他站在那儿一动不动，过了一会儿才意识到就是这些沙把他带到了三月世界的西部边缘。这些就是歌唱的沙。

今天没有任何东西在歌唱，除了风和大西洋。它们合力创造了瓦格拉慷慨激昂的音乐，给人带来像强风和水雾一样的肉体震撼。整个世界就是灰绿色、白色和狂野噪声的疯狂喧闹。

他走在白色的沙地上来到水边，让耳边响彻喧闹声。靠近大海，融化了他那种不舒服的渺小感，而是感到作为人的优越。他轻蔑地转过身，就像是对待一个正在发泄坏脾气的小孩儿。他感到温暖、有活力，可以主宰自己，拥有令人羡慕的才智和满意的感知力。他向回走，无缘无故地很高兴自己是个活生生的人。当他转身背对咸咸的海风，那从陆地吹来的空气柔和温暖，就像从开着门的屋里吹来。他头也没回继续穿过草地。沼泽上的风包围着他，但吹到脸上和鼻孔里的不再有盐分。他的鼻子里满是潮湿陆地的气息、万物生长的气味。

他很高兴。

最后，他走下坡来到港口，回望那烟雾缭绕的远山，决定明天来爬山。

他饥肠辘辘地回到旅馆，很高兴在下午茶吃到了两样自制的食物。一盘是凯蒂安的司康饼，另一个是"斯里雪克"，一种美味的古老食品。斯里雪克是把捣碎的土豆煎成片状，中午吃剩的冷牛肉可以开胃。但是当他吃第一口，就闻到一些比斯里雪克更能唤起早前在斯特拉斯佩的日子。一种辛辣的微妙香味，回荡在脑海里，唤起旧日情怀。直到他把刀插入凯蒂安的司康饼才知道是什么。苏打做成的黄色司康饼几乎无法入口。在向其报以遗憾的致敬后，他把两块凯蒂安的司康饼埋在了壁炉里燃烧的煤下，然后吃起了格拉斯哥面包。

那天晚上，他睡着的时候没有望着墙纸，也完全忘记了紧闭的窗户。

7

早晨，格兰特在邮局遇见了麦凯牧师先生，感到他在传播善行方面非常成功。麦凯先生正前往港口，那里停泊了一艘瑞典渔船。他去看看如果后天船员们还留在这里，是否想来教堂。他得知还有一艘荷兰船，可能是信仰长老教会。如果他们表现出想来的迹象，他会为他们准备一篇英文布道。

他对格兰特遇到这样糟糕的天气表达了可惜。对于这座岛来说，还是年初，不过他认为既然有假期，就该享受假期。

"格兰特先生，可能，你是一名教师。"

格兰特说，不是，他是公务员。关于他的职业，他通常都这么回答。人们愿意相信公务员是人，但从没人相信警察是人。他们是戴着银色徽章拿着笔记本的肤浅之人。

"格兰特先生，以前你从未到过这里，如果能看见六月时的岛，你会感到神奇。连续几日，天空里没有一片云，你会看见炙热的空气在面前跳舞。这里的海市蜃楼和我曾在沙漠里看见的一样让人着迷。"

"你去过北非？"

哦，是的，麦凯先生曾在北非与苏格兰士兵待在一起。"相信我，格兰特先生，透过牧师住宅的窗户，我所看见的东西比我在阿拉曼和的黎波里之间所看见的还诡异。我曾看见顶部的灯塔立在空中。没错，就在半空中。我曾看见这里的山变得像一朵巨大的蘑菇。至于海边的岩石，那些巨大的石柱，它们能发光，变成透明的，还能移动，就像在表演一组蓝谢舞曲。"

格兰特饶有兴趣地想着这些，没有听到麦凯先生余下的话。当他们在哥特伯格的安洛夫奎斯特旁分手时，麦凯先生希望他今晚能来同乐会，所有岛民都会来，还能听到一些好听的歌曲。

当格兰特询问店主有关同乐会和举行地点时，托德先生说，它通常是歌曲和演讲的综合性活动，常常以舞蹈结束。在这座岛上，只有一个地方适合举行这类聚会——佩里格林厅。

"为什么叫佩里格林？"

"那是一位夫人命名的。以前夏天，她常常来到岛上，很赞成通过促进贸易发展，来让岛民自给自足，所以她修了一间上好的带大窗户和天窗的长形木屋。这样大家就能聚在一起纺织，不用在小黑屋里操作织机，伤害眼睛。她说，大家应该联合起来，让他们的粗花呢拥有一个克拉达的标志，使其广受欢迎，就像海力斯粗花呢一样。可怜的女人，本该省点力气省点钱。没有岛民愿意走一点路去工作。他们宁愿瞎了也不愿离开自己的屋子。但是这间木屋对于岛上的聚会来说却大为有用。今晚开同乐会时，你为什么不去看看？"

格兰特说他会去，这一天剩余的时间他便去爬克拉达的那座孤山。虽然今天的风仍然潮气很重，但没有雾。当他爬上山顶时，大海在他脚下延展开来，海面上散布着岛屿和潮水的波纹。在自然的散布中，间或有一条直线，它异乎寻常地笔直，是船舶留下的痕迹。从山顶望去，整个赫布里底群岛世界就在他脚下。他坐在这儿，想着这荒凉的水中世界，在他看来就像是荒芜的尽头。世界从混沌、无形和空虚中若隐若现。向下俯瞰克拉达，这样一个海陆混合的地方，让人很难说清这是一块布满海湾的陆地，还是一片布满岛屿的海洋。最好还是把这片土地留给灰雁和海豹。

　　不过，他很高兴能够登上这里，看着海床上变化的图案，从紫色到灰色再到绿色；看着翱翔的海鸟审视着他，还有低地上筑巢的鸻鸟不断地拍打着翅膀；想着麦凯先生所说的海市蜃楼和行走的石头。想着关于 B7 的事情，因为他从未有一刻停止过思考。根据描述，这就是 B7 的世界。歌唱的沙，说话的兽，行走的石，停滞的河。B7 打算来这儿做什么？难道只是像自己一样，来这儿看看？

　　带着一个小旅行包，进行了一次匆忙的旅行。那肯定预示着以下两种情况之一：会面或考察。因为还没人发现他失踪，所以不可能是会面。因此是考察。一个人可以考察很多东西：房子、风景、画。但如果激发一个人在旅途中写下了诗句，那么这些诗句肯定指向考察的对象。

　　是什么让 B7 羁绊在这个荒凉的世界？是他喜欢而且读了太多 H.G.F. 派切马克斯韦尔的书？是他忘了银沙、繁花和蔚蓝的海都是有严格季节性的吗？

　　从克拉达高高的山顶，格兰特向 B7 送上敬意和祝福。如果不是 B7，他不会感觉像个国王似的站在这湿漉漉的世界之巅。他现在不只是 B7 的捍卫者，B7 是他的恩人，他是 B7 的仆人。

　　当他离开躲避之所，发现大风吹袭着自己的胸膛，他下山时就像儿时一样倚靠着风，让它支撑着自己。这种惊险的方式下，他几乎要滚下山了，却又安然无恙。

晚饭后，当他和店主在黑暗中跟跟跄跄地前往同乐会时，他问道："在这里，大风一般持续多久？"

托德先生说："最少也要三天，不过这种情况不多。去年冬天，连续刮了一个月的大风。你会习惯于狂风的呼啸声，它要是停上一会儿，你会以为自己聋了。你走的时候，最好还是飞回去，在这个季节不适合穿过明奇海峡。如今很多人都坐飞机，即使是从没见过火车的老人，也把坐飞机视为理所当然。"

格兰特想他可能真的会乘飞机返回。如果他再多待几天，如果他能有更长的时间来适应新找到的安乐，他可能会把空中旅行当作一次考验。它将会是一次非常严峻的考验，对于任何一位幽闭恐惧症患者来说，想到被装在一个小的空间里，然后无助地悬挂于空中，都是一种极度的恐惧。如果他能毫不畏缩地面对，成功地完成这个考验，那么他就能宣布自己已经痊愈。他将再次成为一个人。

不过他会等一等，现在问自己这样的问题还太早。

他们到达时，同乐会已经进行了大约二十分钟，他们和其他男人一起站在后面。大厅里只有女人和老人坐在椅子上。岛上的重要人物坐在最前面（商人邓肯·塔维什是克拉达岛的无冕之王，还有两位神职人员和一些不太重要的名人），除了最前面这排人的脑袋，男人们都在后部靠墙站成一排，堵在入口处。当外围的人群给他们让路时，格兰特注意到这真是一次异常国际化的聚会；瑞典人和荷兰人大量涌入，还有属于阿伯丁郡沿岸的口音。

一位姑娘正用尖细的女高音演唱着歌曲。她的声音甜美而又真诚，但缺乏感情，就像在努力地吹着长笛。在她之后上来的是一位自信满满的青年，他获得了热烈的掌声，显然他对此很是扬扬得意，看起来有些滑稽。他好像很受这些被大陆所放逐的盖尔人欢迎，在这里返场加演的时间比他花在被忽视的小农场还要多。他用刺耳的男高音费劲地演唱了一首热情的歌谣，获得了大片的喝彩声。这个人从未花心思好好学过歌唱的基本方法，这让格兰特略感惊讶。在他游览大陆的时候，肯定遇到过真正的歌唱家教他如何运用声音，即使这种情况下，让人吃惊的是，有人自负到不想学习他所从事的这门艺术的基础。

另外一位女低音演唱了一首毫无感情的歌曲，一个男人大声吟诵了一个有趣的故事。除了儿时在斯特拉斯和老人们学了几句常用语外，格兰特根本不懂盖尔语，就像在听意大利语或泰米尔语的娱乐节目。除了他们自己在自娱自乐，真是很无聊的东西。歌曲毫无音乐性，有些简直糟糕透顶。如果人们来到赫布里底群岛就是"采集"这种东西，那么它们几乎不值得采集。少数震撼灵魂的歌曲，会像所有鼓舞人心的产物一样，用自己的翅膀传遍世界。这些孱弱的赝品最好还是让它们自行消亡。

整场音乐会，礼堂后部的男人们都不断地进进出出，不过格兰特只当它是种助奏，直到有人推了推他的胳膊，一个声音在他耳边说道："或许，你也想来点酒？"他这才意识到，热情好客的岛要提供给他一份海岛经济中最稀有的知名商品威士忌。因为拒绝不太礼貌，所以他谢过施酒者后，便随他走入黑暗处。会面的地点紧靠在墙的背风处，代表着克拉达的少数男人倚在墙边，沉浸在心满意足的安静中。一个两吉耳（液体单位——译者注）的浅杯递到他的手里。"祝身体健康！"他说完后便大口地喝了它。一只手，在一双比格兰特更适应黑暗的眼睛指引下，把他的酒杯收回，还有一个声音回祝他身体健康。然后他便随着那位不认识的朋友返回了亮堂堂的大厅。不一会儿，他看见有人悄悄地拍了拍托德先生的胳膊，然后他也去了那个黑暗处，被给予那杯中之物。格兰特想，除了在禁酒期的美国，这事不会发生在其他任何地方。难怪苏格拉人对于威士忌显得如此荒谬、傲慢和忸怩（当然除了在生产这东西的斯特拉斯贝。在斯特拉斯贝，他们像英格兰人一样平淡无奇地把酒瓶放在桌子中间，至多也就有点得意）。难怪他们喝点威士忌，就像是做了件即使不说是大胆的事，也是潇洒的事。普通苏格兰人在谈到国酒时那种吃惊和狡猾，就是教会或法律禁令所导致的。

这一口浅杯中的酒让格兰特暖了暖身子，他便耐着性子听邓肯·塔维什自信地用盖尔语说着长篇大论。他介绍有一位远道而来的客人给他们演讲。对于他以及在座各位，这位客人无须介绍，他本人的成就更无须赘述（不过邓肯最后还是说了）。格兰特没听清盖尔语的客人名字，但是他留意到，在塔维什先生结束所响起的欢呼声里，逃到外面的人都挤了进来。是威士忌已经喝完了还是这位演讲者才是今晚大家真正的兴趣所在。

无所事事的格兰特好奇地看见一个小矮个儿从前排离开，在钢琴的伴奏下爬上舞台，大步走到中间。

是小阿奇。

在克拉达岛，小阿奇看起来甚至比在克伦荒原还要古怪；他的身材更矮小，那鲜艳的凤头鹦鹉更让人吃惊。苏格兰短裙不是岛上的服饰，在这些身穿又厚又硬的素色衣服的男人中，他看起来比以往更像一个纪念品玩偶。他没有戴那顶新绿色的帽子，看起来莫名其妙，就像没穿衣服，像是一个没戴头盔的警察。他的头发非常稀疏，被拨成细细的一缕盖在头顶来掩盖秃块。他就像从廉价的圣诞袜中取出的东西。

不过，阿奇获得了毫无保留的欢迎。除了王室家族，无论是个人还是团体，格兰特都想不出还有谁获得了和小阿奇一样的接待。甚至不考虑那些在墙角喝酒的人，这真是太不可思议了。他开始讲话时，下面一片安静。格兰特真想看看他们的脸。他记得来自刘易斯岛的贝拉认为他在后门的传教毫无用处，帕特·兰金都不愿多看他一眼。但是这些岛民如何看待他，这些远离世界和多元化的岛民如何教他们分辨是非？这里是他梦想的原材料，无知，贪得无厌，自觉且自我。这些岛民，不会被任何规则破坏，因为从未有人真正统治过他们。对这些岛民而言，政府只是榨取利益和征税。但他们的分离状态会引起疏远的同情，投机主义会尾随利益而越发严重。在克拉达岛，小阿奇不会像在小度湖是个困窘而又无足轻重的人，在克拉达岛，他是一股潜在的力量。最终看来，克拉达岛和其他附属岛屿所代表的是潜水艇基地、偷渡地点、瞭望台、飞机场和巡逻基地。这些岛民是如何看待吉利斯毕格·马克·A.布罗哈纳和他的教义？他想看看他们的脸。

小阿奇用那尖细而又充满愤怒的声音，激情澎湃毫无停顿地讲了半个小时，他们安静地听着。随后，格兰特朝前排座位瞥了一眼，感觉人比晚上开始时看起来少。这太不可能了，他便把注意力从阿奇那儿转移到了思考这件事上。他注意到沿着五排和六排之间的槽道有人悄悄地移动，顺眼望去直到这一排的尾部。凯蒂安出现在那里，笔直地站着。对此一点也不大惊小怪的她，眼睛仍然严肃地盯着演讲者，向后退去的人穿过站着的一排排男人，消失在外面。

格兰特观望了一会儿发现，消散的人群还在继续，其中包括坐着的观众和站在墙边的男人。观众们就在阿奇的鼻子底下消失不见了。这太少见了——无论多么无聊的娱乐节目，乡村观众都会挨到结束——格兰特转头朝托德先生低语道："他们为什么离开？"

"他们去看芭蕾舞。"

"芭蕾舞？"

"电视节目。这是他们的一大乐趣。他们在电视上看的其他东西只是他们已经见过的表演，戏剧、歌唱和诸如此类的东西。但是芭蕾舞他们以前从没看过。他们不会因为任何事或任何人错过芭蕾舞……这有什么好笑的吗？"

不过格兰特并非是因克拉达人对芭蕾舞的热情而感到好笑。他在欣赏阿奇的溃败。可怜的阿奇。可怜的受蒙骗的小阿奇。他被阿拉贝斯克舞姿所打倒，被安特雷沙舞姿所击退，被下蹲动作所打败。这是难以置信地合情合理。

"他们再也不回来啦？"

"噢，不，他们会回来跳舞。"

后来，他们大规模地返回。岛上的每个人都在跳舞：老人们坐在周围，活跃分子那野性的欢呼声几乎要把屋顶掀翻。这种舞蹈相较于以前格兰特在大陆上见过的舞蹈，少了些灵活和优雅，因为高地舞蹈需要穿苏格兰短裙和踩在地上没有声音的软底皮鞋，所以跳舞的人就像是刀锋上的流光。这座岛上的舞蹈具有很多的爱尔兰特色，很多人让舞蹈只有脚步动作，不让涌起的快乐抵达人扬起的手指尖。不过如果舞蹈本身缺少艺术和喜庆，那么在一起跺脚的表演中，则洋溢着大规模的欢乐。这个八人里尔舞空间有点拥挤，不久之后，包括瑞典人和荷兰人都会被拉进来一起跳舞。小提琴和钢琴弹奏出优美流畅的旋律（当格兰特把凯蒂安甩到一个快乐的瑞典人怀抱里时，他想到这本来需要一整个乐团，需要敲击双重的鼓，然后再暂停，虽然不纯粹但很有效果），其余的人用手打着节拍。风呼啸着刮过屋顶的天窗，舞者欢呼着，小提琴拉奏着，钢琴猛力弹奏着，所有人都拥有一段美妙的时光。包括艾伦·格兰特。

无情的西南风吹着冰雹抽打在格兰特的身上，他摇摇晃晃地回到了屋子，因为运动和新鲜空气而醉倒在床上。

当然还有一个收获。当他回城时，就会告诉特德·汉纳，他现在知道小阿奇的"渡鸦"是谁了。

今夜，他不再惶恐不安地盯着紧闭的窗户，并非他完全忘记了此事，而是望着紧闭的窗户让他心生喜悦。他已领会了岛民的观点：在这里窗户是用来抵御坏天气的。

他钻进了被窝中，躲过狂风和坏天气，然后便进入了沉睡之中，连梦也没有。

8

　　第二天早晨，当轮船发出召唤时，小阿奇离开了，踏上了前往群岛其他黑暗地方的道路，去那儿发光发热。据了解，他一直和麦凯牧师先生住在一起，格兰特倒想知道，如果这位毫无非议的高地军团随军牧师知道，在他家里获得栖身之所的是怎样的一个人，他会怎么想。或许麦凯牧师先生也会厌烦这病态的小阿奇？

　　大致说来，格兰特认为不会。

　　麦凯先生拥有凡人所能渴求的所有权威；每个周日早晨，他的虚荣都能获得满足，他浏览过世界，看过生和死，了解人类灵魂和生死的关系，他不大可能渴求获得神秘教义的荣耀。他只不过是在款待一位苏格兰名人。像苏格兰这样一个小地方，阿奇跻身名人之列，麦凯先生必然会很乐意款待他。

　　格兰特便独自欣赏岛屿，五天来与呼啸的狂风为伴，在荒凉阴冷的国度四处行走。这就像和一只脾气暴躁的狗一起散步，在狭窄的小路上，狗从你的身边奔过，又欢腾地跃到你身上，差点把你绊倒，硬是让你偏离了想去的方向。晚上，他便到托德先生的办公室，在火炉边伸直双腿，听他讲低地酒吧的故事。他食量大增，体重也明显增加，脑袋一沾枕头就睡着了，直到早晨才醒来。到第五天结束时，他已经准备好去面对遥远的航空旅行，而不想再在这地方多待十二小时。

所以在第六天早晨，他站在非常平坦的白沙上，等待着小飞机接他从斯托诺韦岛返程。在他心灵深处的某个地方泛起一阵小小的不安，它一点也不像原以为会在此刻蔓延开来的恐惧。托德先生和他站在一起，旁边的沙地上放着他的小箱子。路尽头的草地上，停着克拉达旅店的汽车，这是岛上唯一一辆也是世界上仅存的此种型号的车。在这阳光灿烂的荒芜之地，他们站在那儿，四个渺小的黑色物体，看着空中像小鸟一样的东西朝他们降落。

格兰特想，这应该更接近于飞行最初的想法。因为有人曾指出，第一个梦想飞翔的人，想象着自己用银色的双翼飞在蓝色的苍穹，但最后根本不是那样。首先他被缓缓地运送到一块场地，然后被关进一个盒子里，接着他感到恐惧、恶心，最后到达巴黎。由一只悠闲降落的鸟在世界临海的边缘，把你从沙地上接起，这和人们最初曾想实现的自由飞翔的想象接近。

这只大鸟沿着沙地悠闲地接近他们，有那么一瞬间格兰特感到了恐慌。它毕竟是一个盒子，一个紧紧密封的陷阱。但是，几乎在他的肌肉僵硬时，周围悠然自得的一切又让他僵硬的肌肉松弛了下来。在机场客观的指令里，他被引领到客机，被强迫登机，恐慌会征服他。但是在这里，这片开阔的沙地，当飞行员悬挂舷梯时，他和托德先生在闲聊，耳边是海鸥的鸣叫，还有海水的味道。是走是留都是个人的事，不用害怕会有强迫行为。

所以，当他的脚踏上最后一个阶梯时，仅仅是心脏跳快了一点。在他还没来得及分析关上舱门时的反应时，一个更加靠近的兴趣抓住了他的注意力。在他的前方，通道的另一边是小阿奇。

小阿奇好像才起床，就匆忙出门。他耀眼的华服凌乱不堪，看上去比以往更像是别人的衣服。他看起来就像是一个被丢弃的盔甲，上面晃着些电影制片厂的道具。他像一位老朋友一样问候格兰特，自谦道对爱尔兰知之甚少，并推荐盖尔语值得一学，然后就回去睡觉了。格兰特站在那儿，看着他。

他想，这个小浑蛋，这个虚荣、无用的小浑蛋。

阿奇的嘴巴不知不觉地张开，那几缕黑发不再覆盖着毛发稀疏的秃顶。臃肿华丽的袜子上方是膝盖，它们更像是解剖学样本，而不是设计出来为执行推动生物的任何机能。它们不是膝盖，它们是"弯头结合"。腓骨的咬合特别有趣。

这个虚荣、恶毒的小浑蛋。他曾有一份可以供给他面包和黄油的职业，一份可以给他一定地位的职业，一份可以给他带来精神回馈的职业。但他自大的灵魂并不满足于此。他需要受人瞩目。当他可以在灯光下趾高气扬地行走，他不在乎是谁为这些光辉付出了代价。

当窗外的几何图案像一朵水中的日本樱花在他下方铺展开来时，格兰特还在思考着虚荣心在罪犯性格中所起的根本作用。他把思绪从心理学问题收回，以便考虑这个自然界的欧几里得现象，随后发现他们已经在机场上空盘旋。他在毫无意识的情况下，已经从克拉达岛回来了。

他爬下飞机踏上柏油停机坪，好奇地想到，如果他当场就跳起欢快的战舞会怎么样。他想像个孩子初次骑上摇摆木马那样高呼，在这小型飞机场趾高气扬地走来走去。而他只是走进了电话亭，询问汤米能否在两个小时之内来斯库尼的卡利多尼亚接他。

机场餐厅的食物尝起来就像是把卢卡斯·卡尔东餐馆、银塔餐厅和凯玛耶餐馆的食物混为一团。邻桌的一个男人正生气地抱怨着。而他当然没有经历过五个月地狱般生活后的重生和品尝过七天凯蒂安的食物。

在卡利多尼亚的大厅里，汤米圆润亲切的脸庞比以前看起来更加圆润亲切。

这里没有风。

一丝风也没有。

美丽的世界。

他想到，如果他和汤米坐进车里，那昔日的恐惧再次打败他，将是多么让人失望至极的结局。或者那东西正满怀期待地舔着嘴唇等待着他。

但是车里什么也没有，只有他自己和汤米，在很轻松的氛围中进行着习惯性的交流。他们驶入了乡间，这里明显比十天前更加葱绿。夕阳从云里透出，绽放出万丈金色的光芒洒在寂静的田野上。

格兰特问道："摩伊摩尔的典礼举行得怎么样？献花仪式。"

汤米用手擦了下前额说道："哦，上帝，那个！"

"他没去献花？"

"如果把花给她就是献花的话，我想准确说来他献了。他把花递过去，自己还想了一段话。"

"什么样的话？"

"我想自从我们和他谈过，并把佐伊·肯塔伦说成一个反叛者，他一直都在找着逃脱的说辞。顺便说一下，那是劳拉的主意，不是我的。好吧，当她弯下腰从他那儿接过一大束的康乃馨——她非常高——他把花递给她，然后坚定地说：'注意，我只是给你这个，因为你是一个革命伙伴。'"她连眼都没眨一下就接过了花。她说:'是的,当然。非常感谢。'虽然她都不知道他在说什么。还有,帕特为她而倾倒。"

"如何办到的?"

"用一种古典美女的方式。帕特正陷入他第一次热恋的痛苦之中。"

格兰特期待着看看这一现象。

克伦安静地卧在绿色的山谷里,格兰特像从战场上胜利返家的人一样注视着它。上一次驾车驶到这片沙石路时,他是一个奴隶,而现在他成了一个自由的人。他外出寻找 B7,却找回了自己。

劳拉站在门口迎接他,说道:"艾伦,你是兼职做起了情报贩子的生意吗?"

"没有,怎么啦?"

"或者你开办了一个孤独之心的专栏什么的?"

"没有的事。"

"因为迈尔太太说,邮局有一整袋给你的信。"

"噢,迈尔太太怎么知道那些信是寄给我的?"

"她说你是这个地区唯一一位叫 A. 格兰特的人。"

"不是,只是找点消息。"格兰特说着就和她走进了起居室。

黄昏刚刚降临,屋子里弥漫着火光和摇曳的影子。他原以为屋里没人,直至注意到有人坐在壁炉边的大扶手椅上。一个女人,她的身材很苗条,就像影子一样摇曳不定,他得多看一眼,才能肯定她确实不是影子。

他的身后传来劳拉的声音,她介绍道:"这位是肯塔伦夫人。佐伊回克伦来钓鱼,会住些日子。"

这位女士俯身和他握了握手,格兰特看见她还是位姑娘。

她问候道:"格兰特先生,劳拉说你喜欢被称为先生。"

"是的，没错。'探长'在私人生活里听起来有点可怕。"

她用温柔的声音说道："还有点不真实，好像是出自侦探故事的某个人物。"

"是的，人们会认为你要说'某天晚上你在哪里？'"这样一个纯真的人怎么会是三个儿子的母亲？其中较大的那个都快从学校毕业了。"你在河边的运气怎么样？"

"今早，我钓到了一条很棒的幼鲑，晚饭时你可以尝一下。"

她的那种美丽，允许一个女人把头发从中间分开，紧贴头部，优雅的长脖颈上是头发呈黑色的小脑袋。

他忽然想起那间新装修的卧室。所以是为了佐伊·肯塔伦才新刷了油漆，而不是为了劳拉给他新介绍的相亲人选。那真是让人大舒一口气。劳拉把挑选的相亲人选带到眼前就够糟了，更别说住在一间屋子，说得温和点，很烦人。

劳拉谈及他提早到站时说道："奥本的火车肯定就这一次准时。"

汤米一边朝炉火里又扔了根木头一边说："哦，他是飞回来的。"他只是随口一说，并未意识到这个事实有什么重要之处。

格兰特望着劳拉，看见她的脸上泛起喜悦的光芒。她也转过头，在暗影中寻找到他，看见格兰特正望着自己，也会心地笑了。这对她如此重要吗？亲爱的拉拉，可爱体贴而又善解人意的拉拉。

他们开始谈起有关岛屿的话题。汤米讲了一个有趣的故事。一个在巴拉岛上船的男人，他的帽子被吹走了，却发现帽子正在马莱格的码头上等着他。劳拉感到好笑的事情是，不可能用一种每个单词都至少有两百年历史的语言进行交谈，并用想象描述了一个道路交通事故（"什么什么自行车什么什么S形弯道什么什么刹车什么什么牵引车什么什么救护车什么什么担架什么什么麻药什么什么单人病房什么什么体温记录什么什么菊花毛茛属植物水仙花康乃馨……"）。儿时的佐伊曾居住在岛上，对非法猎捕大马哈鱼非常了解，这是当地一个内行人教她的，能在看守人员眼皮底下捕鱼。

格兰特高兴地发现，客人的到来并未打扰克伦的家庭氛围。她好像没有意识到自己的美丽，也没料到有人在关注她。帕特能被她所征服一点也不奇怪。

只有当格兰特卧室的门最终关上，只剩他一人时，他的脑袋才能去想在摩伊摩尔邮局中等待着的一大袋信件。一大袋的信！好吧，这没什么大不了。毕竟，他在刑事调查部待了一辈子，有些人，一生中唯一的兴趣就是写信。写给报纸，写给作者，写给陌生人，写给市议会，写给警察。写给谁不重要，重要的是写信所带来的满足感。这堆信中有八分之七都是那些酷爱写信人的杰作。

但还有剩余的八分之一。

那剩余的八分之一会说些什么？

早晨，他看见客人为去河边准备着工具，她希望格兰特能一起去，不过他更想去摩伊摩尔的邮局。平静低调的她便很独立地出发了，格兰特看着她走下小道，想着她多像一个少年而非遗孀。她穿着非常简洁的裤子和一件不太体面的短夹克衫，他向汤米谈到她是少数穿裤子真的很好看的女人。

汤米说："她是世界上唯一一位穿着高筒胶鞋看起来很漂亮的女人。"

所以格兰特便前往摩伊摩尔去拜会迈尔太太。迈尔太太希望他能有个秘书，然后递给他一把剪纸刀。它是一把薄薄的银制品，很晦暗，上面有一个紫水晶做成的蓟头。他指出这把刀具有纯度印记（英国伦敦金业公会在金银制品上打的印记——译者注），在如今还挺值钱，他不能从一位素不相识的女士那里接受这么贵重的礼物。她说道："格兰特先生，那东西在我的店铺已经待了二十五年。它是为那个还会阅读时代的人们所做的纪念品。现在的人们只是看和听。

你是这二十五年来我遇见的第一个需要剪纸刀的人。实际上我想，等你要撕开这麻袋里的所有信时，会需要不止一把剪纸刀。反正，这是我第一次也是最后一次在这局里遇见有一大袋的信寄给某个人，我也想留个纪念。所以你就接受这把小刀吧！"

他感激地收下小刀，然后就把大袋子抬上车，返回了克伦。

迈尔太太在他身后说道："那个袋子是邮局的财产，所以要还回来！"

格兰特把袋子拿到自己的屋里，将小刀磨到发出喜人的亮光，像是很高兴在多年后被人所注意。他把信倒在地板上，清空了袋子，然后用刀把收到的第一封信划开。第一封信质问他怎么敢把作者所写的诗句置于众目睽睽之下。这是 1911 年春天，在她的灵魂导师阿祖尔的指导下，满怀悲伤和内省所写下的。如此放肆地把她自己珍贵的诗句暴露于众，就像将她的裸体进行公开的展览。

有十三封通信者宣称写下了那些诗句（没有灵魂导师），并询问他们能获得什么好处。有五封寄来了完整的诗歌——不同的五首诗歌——并且声称他们是作者。三封指责他亵渎上帝，还有七封说他是抄袭《启示录》。一封信写道："老兄，谢谢你晚上的款待，今年在特利河的鱼钓得怎么样？"一封信让他去看经外书，一封信提到《天方夜谭》，一封信提到瑞德·哈格德，一封信提到《神智论》，一封信提到大峡谷，还有五封信提到中南美洲几个不同的地方。九封信寄来了戒酒良方，二十二封信寄给他神秘的邪教传单。两封信建议他订阅诗歌杂志，一封信提出教他写畅销的诗歌。一封信说："如果你是在比申布尔和我一起度过雨季的 A. 格兰特，这是我现在的地址。"一封信说："如果你是在阿尔玛菲和我共度良宵的 A. 格兰特，这封信只是一个问候，我希望我的丈夫一切都好。"一封信寄给他格兰特家族的详细资料。还有九封信是污言秽语，三封信字迹不清。

这里有一百一十七封信。

让他感到最好笑的是一封信写道："我已经破译了你的密码，你这个该死的卖国贼，我会向政治保安处告发你。"

根本没有一封信有一点帮助。

哦，好吧。他真没抱什么希望，只是瞎猜而已。

至少他从信中获得了些许快乐。现在他将放平心态去钓鱼，直到他的病体康复。他很好奇，佐伊·肯塔伦会住多久。

那位客人带了三明治，所以并未来吃午餐，不过下午的时候，格兰特带上钓竿随她来到了河边。她或许已经钓遍了整个克伦，但可能还是不及格兰特了解这片水域。她会欣然听取一些谦逊的建议。当然，他去河边的目的不是只为了和她聊天。他是去钓鱼。不过他首先得找到她在哪片水域钓鱼，找到她时，也不能挥挥手就路过。

他当然没有只是路过。他坐在岸边，看她抛下名为绿色高地的鱼饵钓大鱼，过去一个小时里，她试过各种鱼饵钓鱼。她说："它对我嗤之以鼻。我们之间已经变成了私人恩怨。"她从小开始钓鱼，用起鱼竿游刃有余，就像劳拉说的，简直是心不在焉，看起来让人很满足。

一个小时以后，他用鱼叉替她把鱼叉住，他们便一起坐在草地上吃着余下的三明治。她问起他的工作，不像是在询问一份特殊的工作，而是询问一个建筑师或火车司机。她告诉格兰特自己有三个儿子以及他们将来想做什么。她的单纯和孩子般的自然，是这般的知足。

她说："奈杰尔如果听说我在特利河钓鱼，会不舒服的。"她就像一个姑娘在谈起自己上学的弟弟，他推测这是对她和她儿子之间关系的准确描述。

还有几个小时天才黑，但是他们不打算返回河里钓鱼。他们坐在那儿，看着棕色的河水聊着天。格兰特试图从认识的人中想一个能和她相提并论的人，但是没有想到。他所见过的漂亮女人中，没有一个具有这种童话公主的特质，永远年轻的气质。他想，她是来自迪尔纳诺的离群者，更不可思议的是，她和劳拉一样大。

"你和劳拉在学校就很熟吗？"

"不是很要好的知心朋友。你瞧，我非常敬畏她。"

"敬畏？劳拉吗？"

"是啊。你知道，她非常聪明，各方面都很优秀，而我什么都不行。"

让他开心的是，这个女人既有安徒生所描绘的气质，又具有实际性，他推断她所说的只是夸大其词。但也可能她没有什么其他特长，没受这个社会的影响。她的思想不具批判性，言谈也没有劳拉犀利，不像劳拉反应灵敏，剖析深刻。

当他们谈到早年钓鱼的经历时，她说："你、劳拉和我都很幸运，在我们孩提时就了解高地。我希望我的孩子也能拥有这个美丽的乡间。当戴维——我的丈夫去世时，他们想让我把肯塔伦卖了。我们从未有过很多钱，而且遗产税又重。但是我想，至少在奈杰尔、蒂姆和查尔斯长大前保留住它。如果失去了它，他们会很生气，至少让他们重要的岁月在美丽的乡间度过。"

格兰特看着她把工具整齐地收起来，像个爱干净的小孩儿异常小心，他想解决的办法当然是再婚。他知道在伦敦西区那些打扮时髦、开着光亮车子的人可以毫不费力地保住肯塔伦，就像照料某个他们称为客厅房间里的日本花园一样。他想，唯一的难题是在佐伊·肯塔伦的世界，金钱既不能引进也不能免罪。

春天的阳光慢慢消失，天空变得明亮。就像劳拉儿时所说：山丘渐渐远去，躺了下去；这几个简单的词描绘了夜晚的景色和气氛，明天将是个好天气。

佐伊说："我们得回去了。"

当从岸边收起渔具时，他认为特利河的这个下午比西部所有广告中的岛屿更有魅力。

当他们踏上去往克伦的山时，她说道："你热爱你的工作，是吗？劳拉告诉我，要是你愿意，几年前就能退休。"

他有点惊讶地说道："是的，我想我本可以退休。我的姨妈给我留了一份遗产。她嫁给了一个在澳大利亚发了财的人，不过她没有儿女。"

"如果退休了，你会做什么？"

"不知道。我甚至从没考虑过这件事。"

Singing

The

Sands

9

不过那晚，格兰特睡觉时确实想过这个问题。不是当作一种展望，而是带着揣测。退休了会怎么样？在足够年轻还能做些什么时退休吗？如果要开始做些事情，该做什么呢？办个像汤米那样的羊场？生活会很安逸。不过完全的乡村生活他能成功应付吗？他对此有些怀疑。如果不做这个，他还能做什么呢？

他玩味着这个新乐子直到熟睡。第二天去河边时还在琢磨。这个游戏中真正吸引人的一面，是想到布莱斯读着他的辞职信时的脸。布莱斯不仅会有一两周人手短缺，他还会发现自己永远失去一位最得力的下属。真是个有趣的想法。

他来到平转桥下，他所喜欢的池塘钓鱼，并与布莱斯进行了一次愉快的谈话。因为肯定会有一次会谈。他会把辞职信当着布莱斯的面放在桌上，自己亲自放下，这给他带来了不可言喻的快感。然后他们会展开真正让人满意的交谈，他会成为一个自由的人走入大街。

自由自在地去做什么？

做自己，不再听凭任何人的差遣。

做些他平时想做却没时间做的事。例如，在小船上闲荡。

或者结婚。

对，结婚。有了闲暇就有时间去分享生活，有时间去爱和被爱。

这让他很开心地又过了一个小时。

大约中午时，他觉察到有人，抬头看见一个男人正站在桥上看着他。他站在离岸只有几码远的地方，因为桥毫无晃动，所以他肯定在那儿站了有一会儿。这座桥是常见的铺着木板的线槽式，结构很轻，甚至是一阵风都能让它晃动。格兰特很感谢陌生人没有走到中间，那会让桥晃动，驱散附近所有的鱼。

他对那人点点头，以示同意。

那个男人问道："你是格兰特？"

在和一群拐弯抹角的人、狡猾得连"不"字都不说的人相处后，很高兴被人用简单的英语直截了当地提问。

他有点疑惑地说："是我。"那个男人听起来好像是个美国人。

"你就是那个在报纸上登广告的人？"

这下关于他的国籍确信无疑了。

"是的。"

这个男人把头上的帽子向后斜了斜，用一种无能为力的口吻说道："哦，好吧。我想，我是疯了，或许我不该来这儿。"

格兰特开始收线。

"你不下来吗？怎么称呼，先生？"

那个男人离开了桥，下到岸边。

他年纪轻轻，穿着考究，看起来很友善。

他说："我叫卡伦，泰德·卡伦，是名飞行员，为 OCAL 飞货运机。你知道，就是东方商业航空有限公司。"

据说为 OCAL 飞行，你所需要的只是一张驾驶证和没有麻风病症状。但那是夸大其词。确切地说，是歪曲事实。为 OCAL 工作，你得精于飞行。在大型的客运专线，如果你犯了错误会被训斥，而在 OCAL，如果你犯了错，就会被扫地出门。OCAL 有无限的人员供使用。OCAL 不在乎你的语法、你的肤色、你的履历、你的习惯、你的国籍或你的长相，只要你能飞。你必须能驾驶飞机。格兰特很感兴趣地看着卡伦先生。

"注意，格兰特先生，那事我知道，就是报纸上的那段文字，我知道它们就是些你想鉴别的某种引文，或是诸如此类的东西。当然我识别不出来，因为我向来在读书这方面就毫不擅长，来这里对你也没用。不过我想，恰恰相反。但是我很担心，我想，像这样来一趟就算机会不大也值得试一试。听我说，有一天晚上，我们喝得有点高，比尔曾说过这样的话——比尔是我的哥们儿——我想，它可能是个地方。我的意思是那段话描述的可能是一个地方，就算它是一段引文。恐怕我表达得不是很清楚。"

格兰特微笑地表示，到目前为止是讲得不清不楚，提议他们一起坐下，把它理清楚。"我可以理解为，你到这儿来是找我的吗？"

"是的，实际上我昨晚就来了。但是邮局关门了，所以我在小旅馆找了个床位。他们叫它摩伊摩尔。然后，今早我就去了邮局，询问他们在哪儿能找到收过很多信的 A. 格兰特先生。你瞧，登了那广告之后，我便肯定你会收到很多信。他们说是的，如果我想找格兰特先生，在河边的某个地方就能找到他。好吧，我就来这看看，在河边仅有的另外一个人是个女士，所以我想这个肯定就是你。你知道，没什么有价值的东西写给你，因为我似乎真的没什么值得写在纸上的。我是说，那就是个愚蠢的希望。无论如何，当它和你毫无关系时，你是不会费事地写回信。我就是这个意思。"他停了一会儿，用一种既抱希望又不抱希望的语气补充道："它不会是个夜总会吧？"

格兰特诧异地问道："什么不会是？"

"就是那个门口有说话的兽的地方。那个奇怪的景象。它听起来像是个游乐场。你知道，就是那种地方，你坐船穿过黑漆漆的隧道，看见一些意想不到的荒诞且吓人的东西。不过像这种地方，比尔不会感兴趣。所以我想是个夜总会。你知道，有的夜总会摆着古怪的东西来让顾客印象深刻。那更符合比尔，尤其是在巴黎。我就是要在巴黎见他。"

这是首次出现了一线曙光。

"你的意思是，你和这位比尔约好见面？但他却失约啦？"

"他根本没出现。这太不像比尔了。如果比尔说他要做某事，到某个地方，或记得某事，相信我，他会说到做到。这就是我为什么会这么担心的原因。连一句解释也没有，没有在酒店留下口信什么的。当然，酒店可能忘了写下口信，他们就是这样。但是就算他们忘了，也会有后续的行动。我的意思是，当我没有回应的时候，比尔会再次打电话说：你在忙什么，你这个老是让人讨厌的家伙，难道你没收到我的口信吗？但是像这样的情况都没有。很怪，是吧。他订了一个房子，然后没有出现没有住，也没有给出只言片语的解释。"

"确实非常奇怪。尤其是你说你的朋友是个很可靠的人。但是你为什么对我的广告感兴趣？我的意思是：这与比尔有关吗？顺便问一下，比尔——姓什么？"

"比尔·肯里克。他像我一样是名飞行员，在 OCAL。现在我们已经是一两年的朋友了。我可以毫无顾忌地说，他曾是我最好的朋友。格兰特先生，事情就像这样。当他没有出现，好像也没人知道或听说过他，而他在英国也没有亲人可以写信询问，所以我想还有没有其他的联络方式。除了电话、信件和电报什么的。所以我想到了你们所说的私事广告栏。你知道，就是登在报纸上。于是我就找到了巴黎的《号角报》版本——我的意思是在巴黎办公室找到了档案——查阅后，什么也没有。我本打算放弃，因为这是巴黎版的所有英文报纸。不过，有人说我为什么不试试《晨报》。于是我去了《晨报》，好像也没有比尔的消息，但是你的东西让我想起了这首诗。如果比尔没有失踪，我想我不会第二次记起这首诗，但是曾听比尔含含糊糊地说过这些诗句，才让我注意到它并产生了兴趣。就像比尔说的，你能了解我说的吗？"

"完全了解，继续说。比尔是什么时候谈到这些奇特的景色？"

"他根本没有谈过。一天晚上，当我们喝得有点醉时，他就只是含混不清地提了下。格兰特先生，比尔不喝酒，我不想你产生误解。我是说喝酒。我承认，我们中有些家伙喝得很多，但是他们不会在OCAL待很久。OCAL才不会在乎他们杀死了自己，但是那破旧的飞机可就贵了。不过有时我们也像其他人一样外出玩一晚。那是在一天晚上出去玩，比尔也去了。我们都喝得有点高，所以我记不得什么细节。我就记得我们在干杯，当时可以祝贺的对象都说完了。我们就轮流想出些不太可能的东西来干杯。你知道，就像'为巴格达市长大人的第三个女儿'或'为朱恩·凯耶的左脚小脚趾'干杯。比尔说：'敬天堂！'然后就含含糊糊地说了一段说话的兽、歌唱的沙等的东西。"

"难道没人问起他的这个天堂？"

"没有！下一位同伴正等着插话。没人注意到什么事。他们只是认为比尔的祝酒词太无聊。如果不是我满脑子想着比尔，偶然在报纸上看见了这些话，我也不会记起它。"

"后来他就再也没提过吗？在他清醒的时候，再没有说过类似的东西吗？"

"没有。即使在他心情最好的时候，也不怎么说话。"

"你认为，如果他对某样东西非常感兴趣，他会把它埋藏在心里吗？"

"哦，没错，他就是那样，就是那样。你知道，他不是沉默寡言，只是有点谨慎小心。在很多方面，你可以想象到他都是最坦诚的家伙。用起钱来慷慨大方，对他的东西毫不在意，愿意为任何人做任何事。但是在这事上——个人私事，如果你了解我的意思，他就是那种会对你关上心门的人。"

"他有女朋友吗？"

"和我们比起来算是没有。但这是个很好的例子来说明我的意思。当我们其他人晚上外出，都是顺其自然。但是比尔会挑些城里他更喜欢的地方，然后独自去。"

"什么城镇？"

"任何我们正好停留的城镇，科威特、马斯喀特、夸迪夫、木卡拉。如果就此说的话，是从亚丁到卡拉奇的任何地方。大多数人都飞固定航线，但有些飞不定航线。那么地点和货物都是任意的。"

"比尔飞——过去飞什么航线？"

"他飞过各种航线。不过最近他飞行于海湾和南部海岸之间。"

"你是说，阿拉伯半岛。"

"是的。真是条很乏味的航线，不过比尔好像很喜欢。我本人认为，这条航线他飞得太久了。如果一条航线飞得太久，你就会越来越没劲。"

"你为什么认为他飞得太久了？他彻底变了一个人吗？"

卡伦先生犹豫了一下。"不完全是。他还是以前的比尔，亲切随和。不过他无法把它抛之脑后。"

"你的意思是，忘掉工作？"

"是的。大多数人——事实上是我们所有人——当我们和地勤人员交班时就会放下工作，直到第二天早晨和负责的机修师问好时才惦记它。但是比尔会仔细研究那条航线的地图，就好像他从未飞过一样。"

"你认为，他为什么会对这些航线感兴趣？"

"这个，我想他可能是在设计一条线路，来躲避坏天气的区域。这一切开始于——我的意思是对地图感兴趣——有一次，在那座城市，他被一场突然出现的很大的飓风吹离了航线，后来他很晚才回来。那次我们差点就要放弃他了。"

"你们不是飞行于变化的天气之上吗？"

"当然是在长途旅行时。但是当你飞货运机时，你得在极其古怪的地方降落。所以你总是或多或少受天气的摆布。"

"我明白了。你认为那次经历之后，比尔变了？"

"这个，我想给他留下了深刻的印象。当他进来时，我在那儿。我的意思是我在机场等他。他好像有点脑震荡，你了解我的意思吧。"

"受到了惊吓。"

"是的。如果你了解我的意思，就是还没回过意识，没真正地听你和他说的话。"

"你认为，从那之后，他就开始研究地图，来设计他的航线。"

"是的。从那之后，他满脑子想的都是航线，就算下了班也放不下。他甚至习惯迟到，好像特意去寻找更容易的航线。"他停了一会儿，然后很快用警告的口吻说，"格兰特先生，请明白。我不是说比尔胆怯了。"

"不，当然不是。"

"胆怯根本不会让你这样。你会变得完全相反。你完全不想飞，脾气暴躁，大白天也酗酒，你会想方设法飞短途航线，就算身体没问题，你也会请病假。格兰特先生，很容易就看出胆怯，没什么神秘。比尔完全不像那样——我想永远也不会。只是他无法抛下这事情。"

"成了他的困扰。"

"我想是那样。"

"他还有其他的爱好吗？"

"他爱读书。"卡伦先生用一种歉意的方式说道，好像一个人供出了朋友的怪癖，"即使在这方面，也能看出来。"

"看出什么？"

"我的意思是，不是常见的故事书，多半是关于阿拉伯半岛。"

格兰特深思熟虑地说道："是吗？"自从这个陌生人第一次提及阿拉伯半岛，格兰特就已经完全"懂他"了。对于全世界而言，阿拉伯半岛意味着一样东西：沙。此外，他意识到，在斯库尼旅馆的那个早晨，当他感到在某个地方确有"歌唱的沙"存在时，就该把它们和阿拉伯半岛联系起来。实际上，在阿拉伯半岛的某个地方是声称有能歌唱的沙。

卡伦先生说："所以当他比原定时间提早离开时，我还感到高兴。我们本来计划一起走，在巴黎度假。但是他改了主意，说想要先在伦敦待一两周。你知道，他是英国人。所以我们商定在巴黎的圣雅克酒店见面。他三月四日来那儿和我见面。"

"什么时候？"格兰特突然呆住了说道。意识和身体都一动不动，就像猎犬看见了鸟，像人看见了靶子。

"三月四号，怎么啦？"

　　歌唱的沙是任何人的兴趣。为 OCAL 驾驶飞机也不足为奇。但是比尔·肯里克的事太诡异，不清不楚，他痴迷于阿拉伯半岛南部，没有依约出现在巴黎，突然都集中在一个小的焦点上：

　　三月四日，当比尔·肯里克本该出现在巴黎时，伦敦邮政列车载着一个年轻的死者驶入了斯库尼，而这个人对歌唱的沙感兴趣。一位长着轻率眉毛的年轻人。这个年轻人的相貌很像一个飞行员。格兰特记得他曾在想象中，认为他站在小船的船桥上，一艘快速的小船，疾驰在各种海域里。那种情况他还挺符合。但是他看起来也像个操控飞机的。

　　"比尔为什么选择巴黎？"

　　"为什么谁都选择巴黎！"

　　"不是因为他是法国人吗？"

　　"比尔？不，比尔是英国人，地道的英国人。"

　　"你曾看过他的护照吗？"

　　"我记不清了。怎么啦？"

　　"你不认为他可能出生在法国吗？"

　　总之，说不通。那个法国人叫马丁。除非受英文教育的他，想改一个英文名？

　　"你该不会刚好带着你朋友的照片，是吗？"

　　不过卡伦先生的注意力落在了别处。格兰特转头一看，发现佐伊正沿着河岸过来。他看了看表，说道："该死！我答应过要生炉子！"他转身从包里取出一个普赖默斯煤油炉。

　　"你的妻子？"卡伦先生用那种让人耳目一新的坦率问道。在岛上，你得用五分钟的交谈才会从他那儿诱出这样的话。

　　"不是。那是肯塔伦夫人。"

　　"夫人？头衔？"

格兰特一边忙着炉子一边说道："是的，她是肯塔伦子爵夫人。"

卡伦先生安静地想了一会儿。

"我想是一种低级别的女伯爵。"

"不，不。恰恰相反。很高贵，几乎就是一个女侯爵。瞧，卡伦先生，你朋友的事我们待会儿再说。我不知道该怎么说，不过这件事我非常感兴趣，但是——"

"好的，当然，我要走了。我什么时候再来找你谈谈这事？"

"你当然不用走！待在这儿和我们一起吃点东西。"

"你的意思是想让我见这位侯爵夫人，这个——你怎么称呼的——子爵夫人？"

"为什么不？她是一个非常亲切的人，是我认识的人中最友善的一位。"

卡伦先生兴致勃勃地看着走过来的佐伊。"是吗？她看起来的确很亲切。我不知道他们是像这样。不知怎的，我还以为所有的贵族都长着鹰钩鼻。"

"我认为尤其是那些看不起别人的。"

"就像那样。"

"我不知道英国历史要追溯到多远，你才能找到一个贵族看不起别人。我怀疑是否能找到。唯一能找到不把别人放在眼里的地方就是在郊区，那些被称为中下阶层的圈子里。"

卡伦先生一脸疑惑，"不过贵族都不和一般人交往，他们看不起其他人，不是吗？"

"在英格兰没有任何阶层能够只和自己阶层的人交往，就像你说的。两千年来，所有阶层都有相互通婚，永远也无法进行分割和区分——抑或是你所谓的贵族阶层。"

卡伦先生还是稍显怀疑地说道："我想如今变得平等了。"

"哦，不。阶层之间一直都是流动的，即使我们的王室。伊丽莎白一世是市长大人的孙女。你会发现王室的私人朋友根本没有头衔，我的意思是在白金汉宫工作的人。然而，在一间昂贵的餐馆里，你旁边坐的那位唐突无礼的大亨可能是铁路工人起家。在英格兰，就阶层而言，不可能只和自己阶层的人往来，做不到。只可能是琼斯太太对邻居史密斯太太不屑一顾，因为琼斯先生比史密斯先生每星期多赚两英镑。"

他从疑惑的美国人转向佐伊，"煤油炉的事，太抱歉了，我准备得太晚。因为我们聊得太起兴。这是卡伦先生，他为东方商业航空有限公司驾驶货运机"。

佐伊握了握手，询问他飞什么机型。

格兰特从卡伦先生告诉她的语气推断，卡伦先生认为佐伊只是屈尊地问问而已。屈尊是他所理解的贵族。

她同情地说道："它们控制起来很笨重，不是吗？我兄弟以前飞澳大利亚航线时，就飞过这种机型。他老是抱怨。"她打开食物袋。"不过现在他在悉尼坐办公室，有一架自己的小飞机。一架比米什7机型，很漂亮。他刚买的时候我开过，那时他还没把它带去澳大利亚。我的丈夫，戴维和我曾梦想也有一架自己的飞机，不过我们永远也负担不起。"

"不过比米什7才花四百英镑。"卡伦脱口而出。

佐伊舔着从苹果馅饼里流出的黏稠物质，说道："是的，我知道，不过我们不会有四百英镑的闲钱。"

卡伦先生感觉自己被冲进了海里，想要找块陆地。

他说道："我不该再这样吃你们的食物了，旅馆里还有很多食物。我真的该回去了。"

"哦，别走，这足够一群人吃的。"佐伊说道，她用诚恳单纯穿透了卡伦先生的防线。

卡伦先生留了下来,而从多方面看来,格兰特也很乐意。佐伊全然不知,她正改变了一个美国人对英国贵族的看法。她像一个饥饿的男生一样吃着东西,用温柔的声音和一个陌生人交谈,就好像他们认识了一辈子。吃苹果派的时候,卡伦先生已经卸下了防御。他们分发劳拉准备的巧克力时,他无条件投降了。

吃饱后,他们心满意足地坐在春日的阳光里。佐伊的手枕着头,躺在绿草如茵的岸边,双腿交叉,闭着眼以抵御阳光。格兰特的头脑里正忙着思考 B7 和泰德·卡伦带给他的消息。卡伦先生自个儿则坐在岩石上,俯视着河水流向绿色文明的平原,那里荒原消失了,良田出现了。

他说:"这儿是个漂亮的小乡村,我喜欢它。如果你们决定为自由而战,请算上我。"

佐伊睁开眼说道:"自由?从谁或什么东西那儿获得自由?"

"当然是从英格兰。"

佐伊无奈地看着他,不过格兰特却笑了起来。他说道:"我想你一定是和一个穿着苏格兰短裙、有点黑的男人聊过天。"

卡伦先生说:"他是穿了苏格兰短裙,没错,不过他不是有色人种。"

"不是,我的意思是黑头发。你和阿奇·布朗聊过。"

佐伊问道:"谁是阿奇·布朗?"

"他自封为盖尔民族的救世主,当苏格兰从英国残酷的奴役中解放出来时,他就是我们未来的最高统治者、委员、总统,等等。"

"哦,是他。那个男人。"佐伊温和地说道,并在脑海里辨认着阿奇,"他有点精神错乱,是吗?他住这儿附近?"

"我知道,他住在摩伊摩尔的一家旅馆。看起来,他正在给卡伦先生传教。"

卡伦先生有些腼腆地笑道："这个，我就想知道他是不是有些夸大其词。我认识一些苏格兰人，他们不像能忍受得了布朗先生所描述的待遇。恕我直言，格兰特先生，他们像是那种会为自己谋取最大利益的人。"

格兰特问佐伊："你曾听过对《联合法案》更好的描述吗？"

佐伊惬意地说："我对《联合法案》一无所知，只知道它发布于1707年。"

卡伦先生问道："那么，发生战争了吗？"

格兰特说："没有。苏格兰满怀感激地上了英格兰的车，继承了所有的利益。殖民地、莎士比亚、肥皂，还提高了偿还债务的能力，等等。"

佐伊半睡半醒地说："我希望布朗先生不会去美国办巡回演讲。"

格兰特说："会的，他会去。所有大声疾呼的少数派都会去美国做巡回演讲。"

"这会给他们灌输非常错误的观念，不是吗？"佐伊心平气和地说。格兰特想，要是劳拉来表达相同的看法，她会用什么猛烈抨击的言辞。"他们的想法很古怪。戴维去世前一年，我和他在美国，常常有人问我们为什么不停止对加拿大征税。当我们说从未向加拿大征过税时，就好像我们在说谎一样看着我们。这个谎话也太不高明了。"

从卡伦先生的表情，格兰特推断，关于加拿大税收，他也有一样古怪的看法，但是佐伊正闭目养神。格兰特想知道，卡伦先生是否认识到佐伊完全不知道他是一个美国人，她没有考虑他的口音、他的国籍、他的衣着或关于他的任何私人事情。她接受眼前的他，他这个人。他就是个像他兄弟一样的飞行员，某个及时出现和他们一起分享野餐的人，这个人有趣健谈。她不会把他进行归类，划入任何一个特殊的群体。如果她意识到他所发出的窄音 a's，那么无疑会认为他是来自北方的乡下人。

格兰特在太阳下打着盹儿，看着佐伊，想到这个女人多么漂亮。他的视线越过她，看见卡伦先生也正注视着佐伊·肯塔伦，想着她的美丽。他们四目相对，然后又迅速移开。

但是，昨晚格兰特还想，没什么比坐在那儿看着佐伊·肯塔伦更幸福的事了，而现在他却对她有些不耐烦，这让他大吃一惊。他用自我分析的方式审视此事。这个女神有什么瑕疵？这个从童话里走出来的公主有什么缺点？

他身体里那个无礼的声音说道："你很清楚出了什么问题。你想让她马上离开这里，这样你就能去查关于 B7 的事情。"

但这一次，他没有试图反驳那个声音。残酷的事实是，他确实希望佐伊"马上离开这里"。昨天下午，正是佐伊的出现产生了魔力，而现在她却成了一个累赘，隐隐刺痛般的厌烦在他的脊椎上上下追逐。可爱、单纯、神圣的佐伊，快点走。我梦中的可人儿、公主，请离开。

当格兰特正演练着自己离开的托词时，佐伊突然像孩子般打着哈欠，叹息道："好吧，没有我，卡迪池塘里七磅的鱼肯定会发现生活枯燥乏味。"她拿起自己的东西，和往常一样不慌不忙、二话没说地离开了，走入了春天的午后。

卡伦先生赞许地目送她离去，格兰特则等待着发表评论。但是卡伦先生好像也等着他的"低级别的女伯爵"离开。当看见她听不见这里的谈话时，他立即说道："格兰特先生，你为什么问我有没有比尔的照片？是说你认识他？"

"不，不认识。不过它能把不是比尔的人排除。"

"噢，是的。这个，我口袋里没有，不过我手头有一张，在旅馆里。照得不是太好，但你能有个大概印象。改天我把它带来给你？"

"不用。现在我就和你去摩伊摩尔。"

"你？格兰特先生你真是个大好人。你认为这些东西能找到线索吗？你还没告诉我那些诗句是什么。那段引文或随便是些什么。那是我正要问你的东西。说话的兽是关于什么的。你瞧，如果那是个他感兴趣的地方，他可能就去了那里，我也要去，去寻找他的踪迹。"

"你很喜欢比尔，是吗？"

"这个，我们在一起很久了，虽然很多方面不一样，但我们相处融洽，很好。我不希望比尔发生什么事情。"

格兰特换了个话题聊，问起关于泰德·卡伦自己的生活。当他们走下峡谷前往摩伊摩尔，格兰特听他说起美国一个干净小镇的倒退，对于一个会驾驶飞机的男孩儿是多么无趣的地方，还有那远看好像很不可思议的东方，近看是多么单调乏味。

卡伦先生说："就是大街上有些臭味。"

"你在巴黎待这么久等比尔，都在做什么？"

"混日子，比尔不在，没什么意思。我遇见了几个在印度认识的朋友，我们一起逛了逛，但是比尔的事让我一直都有些烦躁。不久，我就让他们走了，然后去看了一些旅游指南上的景点。一些古迹非常漂亮。有一个地方就正好建在水上——我是说一个城堡——建在石拱桥上，河水从下面流过。很美。伯爵夫人住在那儿会感觉很好。她住的地方像那样吗？"

"不像。"格兰特边说边想着舍农索城堡和肯塔伦的区别。"她住在一个阴森、单调的灰色房子里。狭小的屋子里，窗户很小，楼梯很窄，迎客的前门就像洗衣槽的出口。在四层楼高的位置有两个小的角楼，紧挨着屋顶，在苏格兰这就叫城堡。"

"听起来像是个监狱。她为什么住在那儿？"

"监狱！没有监狱委员会考虑那儿，下议院立刻会质问那里为什么没电、没供热、没卫生设备、色彩单调、不漂亮、空间小，等等。她住在那儿是因为她爱那个地方。不过，我怀疑她还能住多久。遗产税很重，她可能不得不卖掉。"

"不过，有人买吗？"

"不用来居住。有些投机者会买，砍掉那些树林。屋顶上的铅可能有用，总之，他们会把屋顶拆了，免得给房屋缴税。"

卡伦先生评论道："嘿！就像干旱尘暴区的东西。该不会还有一条护城河吧？"

"没有，为什么这么问？"

"在我返回 OCAL 之前，我一定要看看护城河。"随后，他停顿了一下，"格兰特先生，我真的很担心比尔。"

"没错，这事确实很奇怪。"

没想到，卡伦先生说了句："你人真好。"

"什么？"

"没有说：'别急，他肯定会出现的！'我会控制不住地把手伸向那些说'别急，他肯定会出现的！'的人。我会把他们掐死。"

摩伊摩尔旅馆是小版的肯塔伦，不过没有角楼。但是它涂成了白色，显得更明朗欢快，房后的树木长出了叶子。卡伦先生走进铺着石板的大厅时犹豫了，说道："在英国，我注意到人们都不会请人去他们旅馆的房间。或许，你想在客厅里等我？"

"哦，不，我一起上去。我想我们对旅馆房间没什么感觉，可能只是我们旅馆的客厅与房间很近，没必要去，所以不建议去。我想，当公共的客厅离你的房间有一天的路程，那么还是带上你的客人比较好。至少，这样你们会在同一个半球。"

卡伦先生住在前面的屋子，面向马路，远处是田野、河流和丘陵。格兰特以他职业性的眼睛注意到壁炉里堆好了柴火，窗户上有水仙花，摩伊摩尔是一家有水准的旅馆。在他个人的意识里，他对泰德·卡伦颇有好感。这个人放弃休假，来到卡利多尼亚的荒野找一个对他重要的朋友。在来摩伊摩尔的路上，他一直都有一个挥之不去的预感，现在达到了反胃的程度。

这个年轻人从他的旅行袋中拿出一个袖珍的信件夹，在梳妆台上打开，里面几乎什么都有，除了写信用的必要物件。在一堆凌乱的文件、地图、旅游指南之类的东西中，有两个皮制物品：一本通信录和一本袖珍书。他从袖珍书里取出一些照片，然后迅速翻阅着，流露出阴柔的笑意，直至找到他所寻找的东西。

"在这儿，恐怕照得不太好。你瞧，只是一张快照。我们一群人在海滩时照的。"

格兰特很不情愿地接过递来的照片。

"是那个——"泰德·卡伦刚抬起胳膊要指。

格兰特阻拦道："不，等等！让我看能不能——能不能认出。"

照片拍摄于某个海滨别墅的阳台上，里面可能有十几个年轻人。他们聚集在台阶上，挡住歪歪扭扭的木头栏杆。格兰特迅速地扫视着他们的笑脸，然后感到一阵如释重负。这里没有那个他曾——

随后，他看见下面的台阶上有一个人。

他坐在那里把两只脚伸到沙地里，阳光下他的眼睛就像喝醉了，下巴向后靠了一点，好像要转头和后面的人说话。在三月四日早晨B7的卧铺房间里，他的头正是像这样躺在枕头上。

"怎么啦？"

格兰特指着下面台阶上的这个男人说："那是你的朋友？"

"没错，是比尔。你怎么知道？这么说，你曾在哪儿见过他？"

"我——我倾向于认为我曾见过他。不过当然，仅凭那张照片，我不敢发誓。"

"我不想让你发什么誓。只要给我大概说明就行，只要告诉我，你在什么时候，在哪儿看见了他，我会去找他。你该不会有所怀疑吧？你知道在哪儿看见他吗？我是说，你记得吗？"

"哦，是的。我记得。在三月四日的清晨，当伦敦邮政列车开进斯库尼的时候，我在车厢——卧铺车厢——看见了他。"

"你是说比尔来这里？到苏格兰？来做什么？"

"不清楚。"

"他没告诉你？你没和他说话？"

"没有，我办不到。"

"为什么？"

格兰特伸出手，将同伴轻轻地推到他身后的一张椅子上坐下。

"我办不到是因为他死了。"

一阵短暂的沉默。

"我真的很抱歉，卡伦。我也想假装告诉你那不是比尔，但是我只缺去证人席发誓了。"

又是一阵短暂的沉默后，卡伦说道："他为什么会死？发生了什么事？"

"他喝了非常多的威士忌，然后向后摔倒撞上了坚硬的瓷制洗手盆，导致颅骨破裂。"

"所有这些是谁说的？"

"那是伦敦验尸官法院的调查结果。"

"伦敦？为什么是在伦敦？"

"因为根据验尸，他是在刚离开尤斯顿后就死亡的。按照英国法律，猝死是由验尸官和陪审团调查。"

卡伦开始变得激动起来，他生气地说："但所有那些都只是——只是猜测。如果他是独自一人，那么怎么会有人说出他发生了什么？"

"因为英国警察是最仔细也最多疑的。"

"警察？有警察调查此事？"

"噢，当然。警察调查并公开报告给验尸官和陪审团。在这个案子里，他们做了最彻底的检查和检验。他们甚至知道他喝了多大纯度的威士忌，还有受伤到死亡间隔的时间。"

"关于他向后摔倒——他们是怎么知道的？"

"他们用显微镜进行搜寻。洗手盆边缘仍留有明显的油脂和碎发。颅骨的损伤与向后摔倒正好撞到一个物体时相吻合。"

卡伦平静了下来，但他看上去有些迷茫。

"你怎么知道这一切的？"他茫然地问道，随即心生疑惑，"总之你是怎么看见他的？"

"当我下车的时候，偶然看见卧铺车厢乘务员正在想方设法叫醒他。那人以为他只是睡着了，因为威士忌酒瓶在满地滚动，车厢里的酒气就好像喝了一夜的酒一样。"

这并不能让泰德·卡伦满意。"你的意思是你只见过他一次？还仅仅是一瞬间，躺着的——躺在那儿的一个死人，你就能从一张快照中认出他—— 一张很不清楚的快照——还是在事发后几周才看到的？"

"是的。我对他的脸有印象。我的职业就是研究脸，也是我的爱好。那对倾斜的眉毛赋予脸轻率的表情，这让我很感兴趣，即使那脸根本没有任何表情。我的兴趣又因某些偶然更加强烈了。"

卡伦寸步不让地问："那是什么？"

"当我在斯库尼的车站饭店吃早餐的时候，发现我意外地捡到了一张报纸。这张报纸是乘务员在试图叫醒比尔时，从卧铺上掉下来的。在报纸的最新消息处——你知道有块空白——有人用铅笔写了些诗句：'说话的兽，停滞的河，行走的石，歌唱的沙——'然后是两行空白，接下来是：'守卫去往，天堂的路。'"

卡伦的脸瞬间变得更为阴郁了，他说道："那就是你所登的广告。那诗对你意味着什么，你要这么麻烦地登广告？"

"我想知道如果这些诗句是出自某本书，那么是摘自哪里。如果它们是正在创作着的一首诗的诗句，那么我想知道这首诗的主题是什么？"

"为什么？你在乎的是什么？"

"这件事我别无选择，它总是萦绕在我的脑海里。你认识一个叫查尔斯·马丁的人吗？"

"我不认识。别转移话题。"

"我没有转移话题。你曾经在任何时候，听过或认识一个叫查尔斯·马丁的人吗？"

"我已经告诉过你，不认识！你当然是在转移话题！查尔斯·马丁与这件事有什么关系？"

"根据警方所说，那名在卧铺车厢发现的男死者 B7，是一名叫查尔斯·马丁的法国机修师。"

过了一会儿，卡伦说道："注意，格兰特先生，可能我不是很聪明，但你的话不合常理。你说你看见比尔·肯里克死了，躺在火车的卧铺车厢，但是他根本不是比尔·肯里克，他是一个叫马丁的男人。"

"不是，我说的是，警察认为他是一个叫马丁的人。"

"好吧，我认为他们有充分的理由支持他们的想法。"

"非常充分。他带着信，还有证明文件。他的家人也进一步证实了是他。"

"是嘛！那你还让我为此紧张不已。没有任何迹象表明那个男人是比尔！如果警察确信那个人是名叫马丁的法国人，你为什么还要说那个人不是马丁是比尔·肯里克！"

"因为我是这个世界上唯一一个见过躺在 B7 上的男人和那张快照的人。"格兰特朝放在梳妆台上的照片点点头。

卡伦停了一会儿，随后说："但那张照片很不清楚。它并不能给从未见过比尔的人传递太多东西。"

"就视觉上来看这照片质量很差，只是一张快照，但是它看起来真的很像。"

卡伦慢吞吞地说："是的，它是。"

"请思考三件事情，三个事实。一、查尔斯·马丁的家人已经多年没见过他，而他们看见的只是一张死人的脸，如果有人告诉你，你的儿子死了，却没人提出关于身份有任何疑问，那么你看见的脸就是你预期看见的。二、那个被发现死于火车上叫查尔斯·马丁的男人，死在比尔·肯里克和你约定在巴黎会合的同一天。三、在他的卧铺房间里，有一首用铅笔写的简单诗歌，是关于说话的兽和歌唱的沙，根据你的说法，这个主题让比尔·肯里克感兴趣。"

"你告诉警察关于报纸的事了吗？"

"我试过，但他们不感兴趣。你瞧，这儿没有神秘难解的东西。他们知道那个男人是谁，他是怎么死的，他们只关心这些。"

"他用英文写的诗句他们可能会感兴趣。"

"噢，不。根本没有证据表明他写过什么，或者那张报纸属于他。可能是他在某个地方捡的。"

卡伦既气愤又不解地说："整个事情真荒唐。"

"是很怪。但是所有荒谬的中心都有一个稳定不变的内核。"

"是吗？"

"是的。有一块清晰的小空地，让人可以站在那儿看清周围。"

"是什么？"

"你的朋友比尔·肯里克失踪了。我从一群陌生的脸中挑出了比尔·肯里克，而这个男人就是我在三月四日早晨在斯库尼的卧铺车厢里见过的死者。"

卡伦细想后沮丧地说道："是的。我认为有一定道理，那肯定是比尔，我一直都知道发生了某些——某些可怕的事。他从没有不给我留口信。他可以写信、打电话或其他什么方式告诉我，他为什么没有准时出现。但是他坐火车去苏格兰干什么？不管怎样，他坐火车干什么？"

"为什么说，不管怎么？"

"如果比尔想去某个地方，他会乘飞机，不会坐火车。"

"很多人会坐这种夜间行驶的火车，因为它节约时间。你可以同时睡觉旅行。问题是：为什么用查尔斯·马丁的名字？"

"我想这是苏格兰场的案子。"

"我想苏格兰场不会感谢我们。"

卡伦尖刻地说："我不是要他们感谢，我是命令他们查出我的好朋友到底发生了什么事。"

"我仍然认为他们不会感兴趣。"

"他们最好感兴趣。"

"你完全没有证据证明比尔·肯里克没有自己躲起来，他不是自己去玩乐然后到点就返回 OCAL。"

卡伦用一种近乎于怒吼的声音说道："但是他被发现死于火车车厢！"

"哦，不。那是查尔斯·马丁。关于那是谁，没有一点疑问。"

"但是你能认出马丁是肯里克！"

"当然，我能说，在我看来，快照里的那张脸就是三月四日早晨我在卧铺车厢里看见的 B7 的脸。苏格兰场的人会说我有权保留意见，但我只是被相似的人所误导，因为卧铺车厢 B7 里的人是查尔斯·马丁，一个机修师，马赛人，父母健在，住在郊区。"

"你对苏格兰场很熟悉！还是——"

"我必须熟悉，我在那里工作了很多年，连自己都想不起有多久。等假期一结束，周一我就返回去工作。"

"你的意思是你是苏格兰场的人？"

"只是一个小警察。我穿的钓鱼服里没带名片，不过如果你和我去招待我的主人家里，他会证明我的真实性。"

"不。不是，我当然相信你，怎么称呼——"

"探长。但我们就只说先生，因为我歇班了。"

"要是我看起来像个愣头青，真的抱歉。你想不到会在真实生活里遇见苏格兰场的人。这只在书里读过。你没想到他们会去——去——"

"去钓鱼。"

"对，我猜不会做这些。只存在于书上。"

"好吧，现在你接受了我的真实身份，你知道了我所说的苏格兰场的反应都是最可信的资料，接下来我们怎么做？"

10

隔天早晨，当劳拉听说格兰特打算去斯库尼，而不是在河边消磨时间，她对此愤愤不平。

她说："可是我刚给你和佐伊备了份美味的午餐。"格兰特感到，她的失落源于某个比错失了一顿饭菜更合理的原因，但是他的脑袋正忙于一些更重要的事情，无暇分析这些琐事。

"有一个年轻的美国人住在摩伊摩尔，他是来找我帮点忙。如果没人反对，我想他可以替我去河边。他告诉我，他也钓过很多次鱼。或者，帕特愿意给他露一把你的诀窍。"

来吃早饭的帕特满脸洋溢着幸福，就连桌对面的人都能清楚地感觉到。这是复活节的第一天。当他听了叔叔的建议后，显得兴致勃勃，向别人展示某样东西是生活里少有的几件让他热衷的事情。

他问道："他叫什么名字？"

"泰德·卡伦。"

"'泰德'是什么？"

"我不清楚。可能是西奥多的简称。"

帕特半信半疑地说道："嗯——嗯——"

"他是一名飞行员。"

帕特舒展了眉头说道："噢，我以为叫这样的名字可能是个教授。"

"不是。他飞行往返于阿拉伯半岛。"

"阿拉伯半岛！"帕特说道。他那 R 的卷舌音让普通的苏格兰早餐桌闪烁着东方宝石般的光芒。融合了现代交通和古代巴格达。泰德·卡伦看起来拥有让人满意的文凭。帕特很乐意展示给他看看。

帕特说："当然佐伊可以优先选择钓鱼的地点。"

如果格兰特认为帕特的痴迷，表现为脸红少语和出神的爱慕，那就错了。帕特被征服的唯一迹象就是不断地在他的谈话中插入"我和佐伊"，注意人称代词放在第一位。

于是早饭后，格兰特便借了车前往摩伊摩尔告诉泰德·卡伦，一个红头发、身穿绿色苏格兰短裙的小男孩儿会带上所有的设备和工具，在特利的平转桥边等他。格兰特希望自己下午有时间能及时从斯库尼返回，在河边与他们会合。

卡伦说："格兰特先生，我想和你一起。这事儿，你已经有线索了吗？这就是你今早为什么要去斯库尼？"

"不是。我去就是要找线索。现在没有你能做的事，所以你还是去河边玩一天好了。"

"好吧，格兰特先生。你是头儿，你那位小朋友叫什么名字？"

格兰特说："帕特·兰金。"随后他便驾车前往斯库尼。

昨晚，他大部分时间都是醒的，躺在那儿，眼望着天花板，让画面在脑海里划过，又在彼此中消散，就像是电影中的拍摄技巧。

画面不断地浮现、破裂、消失，从未有两个相连的瞬间是相同的画面。他仰面躺着，看着它们无休止地慢慢交叉舞动，而他并未参与到这种变幻旋转中，独立在外就像在欣赏北极光。

那是他头脑运行的最好方式。当然，还有其他的运行方式，也很好。例如，在一系列涉及时间、地点的问题上。关于某天 A 某在下午 5：30 位于 X 点，格兰特的头脑就像计算机一样井井有条地运行。但是关于事情的动机，他就会坐下，让自己的脑袋松弛下来思考问题。不久，如果他任由意识转动，它就会显示出他需要的画面。

他仍然不知道比尔·肯里克本来该去巴黎见朋友，为什么会去苏格兰北部旅行，更不用说为什么会用别人的证件旅行，一无所知。但是对于比尔·肯里克为什么会突然对阿拉伯半岛产生兴趣，他开始有了想法。卡伦看待世界，受限于他飞行员的观点，会思考航线方面的兴趣。但是格兰特确信这个兴趣另有缘由。按卡伦自己所说，肯里克没有显出任何常见的"胆怯"迹象。他痴迷于研究飞行航线不大可能与各种情况的天气有关。某地某时，肯里克在一次飞行中穿越那"非常乏味的"航线，发现了让他感兴趣的某些东西。一场出没于阿拉伯半岛内陆的沙尘暴，将他吹离了航线，那个兴趣正是始于此。他经历了那场"脑震荡"后回来。"听不见对他所说的话"，"还没回过意识"。

所以这天早晨，格兰特要去斯库尼找出，在这片荒凉多石的辽阔内陆，比尔·肯里克有可能对什么感兴趣，在阿拉伯半岛那一半险恶的沙化陆地里。他当然会去找陶利斯科先生。不管是评估一栋别墅的价值还是熔岩的构成，一个人想要得到指点，都会去找陶利斯科先生。

早晨的这个时间，斯库尼的公共图书馆里空无一人，他看见陶利斯科正吃着甜甜圈，喝着咖啡。格兰特想，对一个看起来像是以松饼和中国茶加柠檬为食的男人,甜甜圈真是个有些孩子气又有些粗鲁的选择。陶利斯科先生很高兴见到格兰特,询问起他关于岛屿研究的进展如何,饶有兴趣地听格兰特关于天堂的异端说法,然后对他的新研究给予帮助。阿拉伯半岛?噢,是的,关于这片区域,他们有整整一书架的书籍。写阿拉伯半岛的人几乎和写赫布里底群岛的人一样多。如果陶利斯科先生可以这样说的话,它的热爱者都有把这个研究对象理想化的倾向。

"你认为,归结到简单的事实就是,它们二者都只是多风的沙漠。"

噢,不,也不全是。那样有点以偏概全。陶利斯科先生从这些岛屿中获得了很多快乐和美好。但是在每个案例中,最初的人们都有把它理想化的倾向。关于这个主题,这里有一架子的书,他可以让格兰特先生从容地研究它们。

这类书在资料室,此处没有其他读者。门悄无声息地关上了,留下他查阅资料。他查阅着每排书籍,很像在卡伦的起居室里查阅着每一排关于赫布里底群岛的书,眼睛迅速而又熟练地提取每本书的主要内容。查阅的范围也和上一次很相像,从感伤派作家到科学家无所不有。唯一的区别就是,在这件事上,有些书是文学名著,适合在文学书籍一类。

如果格兰特还对B7里的那个男人是比尔·肯里克有所怀疑的话,当他发现阿拉伯东南部的沙漠——鲁卜哈利沙漠,被称为"羌凯利"时,怀疑就都消失了。

所以"抢卡利"就是指这个!

此后,他的兴趣都专注于鲁卜哈利沙漠,从架子上取下每一本书,翻阅着关于这片区域的书页,然后放回去再继续看下一本。不久之后,一段话吸引了他的目光。"猴子栖息于此",他在心里嘀咕道,猴子,说话的兽。他往前翻着书页,来看看这一段讲述的是什么。

讲述的是关于乌巴城。

乌巴城好像是阿拉伯半岛的亚特兰蒂斯。某个传说和历史中的地方，曾因罪恶被大火所毁灭。它的富有和罪恶远非言语可以形容。宫殿里住着最美丽的妃子，马厩里养着世间最漂亮的马匹，装饰精美不亚于任何地方。它位于最肥沃的地带，只要一伸手就能摘到沃土孕育的果实。这里拥有无尽的悠闲，让人犯下重重罪孽，所以毁灭降临了这座城市——一天夜里，用一场洗劫一切的大火。现在的乌巴城，这座传说中的城市，成了一堆废墟，由移动的沙，不断变换地点和形状的石壁所守卫，猴子和恶灵居住于此。没人能够靠近这个地方，因为恶灵将沙尘暴刮向寻找者的脸。

那就是乌巴城。

虽然每个阿拉伯的探险家都曾公开或秘密地寻找过乌巴城，但是好像从没有人找到过它的遗迹。事实上，到目前为止，任何两个探险家关于这个传说之地在阿拉伯半岛的哪个地方都没有达成共识。格兰特重新用这个神奇的关键词——乌巴城，翻阅各类书籍。他发现每个权威人士都有自己引以为傲的理论，争论的地点相去甚远，由也门到阿曼。他注意到，没有任何一位作者会贬低或质疑这个传说来辩解自己的失败，这个故事在阿拉伯半岛广为流传且形式多样。感性的作家和科学家都相信这个传说有事实基础。发现乌巴城成了每个探险家的梦想，但是沙子、恶灵和海市蜃楼守卫着它。

其中一位最厉害的权威写道："当这座传说之城最终被发现时，可能不是靠努力或计算，而是由于意外。"

由于意外。

由于一位飞行员被沙尘暴吹离了他的航线吗？

当比尔·肯里克从遮蔽他视野的棕色沙尘暴中出来时，那就是他所看见的吗？沙地中一座空荡荡的宫殿？当他"开始晚归成习惯时"，就是特意去找或看这个地方吗？

在这初次的经历后，他什么也没有说起。如果他看见的是一座沙地中的城市，那么是可以理解的。他会被取笑，取笑他看见的是海市蜃楼，等等。即使有 OCAL 的人员曾听过这个传说，他们也会取笑他的异想天开。所以比尔，这个把 M 和 N 紧紧写在一起，有点谨慎小心的人，什么也没说，只是返回去再看看。一次又一次地返回。或者是因为他想找寻曾经看见过的地方，或者是为了去看看那个他已经确定位置的地方。

他研究地图。他阅读关于阿拉伯半岛的书籍，然后——

然后他决定去英国。

他准备和泰德·卡伦一起去巴黎。但转念又想自己在英格兰停留一些时间。他在英格兰没有亲人，而且多年没有来过英格兰。据卡伦所说，他好像从未对此地有过思乡之情，也没有和这里的任何人有过固定的通信往来。他的父母丧身后，他由一位姑妈抚养，而此人现在也去世了。从那之后，他就再未有过返回英格兰的念头。

格兰特往后一靠，寂静围绕着他，几乎能够听见落下的灰尘。年复一年，这些灰尘悄无声息地落下，就像乌巴城。

比尔·肯里克去了英格兰。大约三个星期后，当他要和朋友在巴黎见面时，却以查尔斯·马丁之名出现在苏格兰。

格兰特能够猜到他为什么想去英格兰，但为什么要冒充？为什么短暂地造访北方？

他以查尔斯·马丁之名是要去探访谁？

他可以在高地探访某个人，然后从斯库尼乘飞机去见朋友，在圣雅克酒店共进晚餐。

但为什么以查尔斯·马丁之名？

格兰特把书放回架子并满意地拍了拍，这个动作此前他花时间查找赫布里底群岛时是没有过的。随后就去拜访小办公室里的陶利斯科先生。他至少找到了肯里克的线索。他知道如何追踪他。

他询问陶利斯科先生："你说，在今天的英格兰，谁是阿拉伯半岛方面最厉害的权威？"

陶利斯科先生摇着他的夹鼻眼镜，不以为然地笑了。他说在托马斯和菲尔比之后有一大堆的后继者，但他认为只有赫伦·劳埃德算得上真正的权威。可能是陶利斯科先生自己偏爱劳埃德，因为他是唯一用英文撰写文学的人。但这确实是真的，他除了天赋之外，还有才干、正直和好名声。他在各种探险中完成各类巧妙之旅，在阿拉伯人中也享有地位。

格兰特谢过陶利斯科先生，就去查阅名人录。他想找赫伦·劳埃德的地址。

他没有去更方便更好的卡利多尼亚饭店，而是遵从内心那股荒谬的冲动，前往了城镇的另一头用餐。仅仅几周前那个漆黑的早晨，处在 B7 阴影下的他就是在这里吃的早餐。

今天的餐厅没有只开一半灯的昏暗，这个地方刻板而光亮，摆有银器、玻璃杯和桌布，甚至还有领班走来走去。当然还有玛丽，她还像那天早晨一样沉着、舒服、丰满。他记得自己曾是多么地需要实实在在的安慰，简直不敢相信那个受尽折磨、筋疲力尽的人是自己。

他在同一张桌子坐下，靠近纱窗的前门，随后玛丽来取他的订单，问他这些天在特利河鱼钓得怎么样。

"你怎么知道我在特利河钓鱼？"

"你下了火车，就是和兰金先生来吃的早餐。"

下火车。他在经历了一夜斗争和煎熬后离开火车，那个令人憎恶的夜晚。他离开火车，不经意的一眼和瞬间的惋惜，B7 的尸体留

在了那里。但是那瞬间的同情却获得了 B7 百倍的回报。B7 一直跟
随他，最后拯救了他。是 B7 让他去了那座岛屿，在那疯狂、寒冷、
狂风的岛上什么也没有找到。在那段奇怪荒谬的境地，他做了从未
做过的事情，他笑到流泪，他跳舞，他让自己像一片叶子一样从空
旷的地平线吹到下一个地平线，他唱歌，他安静地坐着看着。他回
来时成了一个完完整整的人。他欠 B7 的永远也还不清。

当他吃着午餐时，想到了比尔·肯里克：这个无根的年轻人。
他孑然一身会孤独吗？还是仅仅为自由？如果是自由，是燕子的自
由，还是老鹰的自由？是逐日的掠过，还是高傲的飞翔？

至少，他拥有在所有地方和时期都少有的让人喜爱的特质，他
是一个行动派也是一个天生的诗人。这也让他和 OCAL 的员工截然
不同，那些人只是像不会思考的蚊子一样穿越大陆，在天空中画着
图案。这也让他和下午五点伦敦火车站的人潮不同，对于那些人来
说，冒险毫无价值。如果 B7 里死去的人不是西蒙尼也不是格伦菲尔，
至少也是他们这类人。

因此格兰特爱他。

他身体里的那个声音说道："你知道，如果你不小心，你就会发
生比尔·肯里克的事情。"

"我已经好了。"他庆幸地说道。那个声音带着失败者的沉默消
失了。

他给了玛丽很多小费就离开了，然后去订了两张次日早晨去伦
敦的机票。他还有一周的假期，而且特利河里有成群的鱼，漂亮的
银色战斗鱼，但是他还有其他事情。从昨天下午开始，他就只有一
件事：比尔·肯里克。

他对于坐飞机去伦敦还有些疑虑，但不是很严重。当他回头看
看自己时，那个不满一个月以前，从伦敦邮政列车下来，踏上斯库

尼站台的人，那个被恶魔缠身、恐惧万分的人，他简直都认不出来了。现在，那个凄惨的家伙只剩下一点点的害怕而已。恐惧本身已不存在。

他给帕特买了很多甜点，够他吃三个月吃到吐，然后就驶回了丘陵。他担心甜点对于帕特太过优雅，或者有点娘娘腔，因为帕特宣称他喜欢的是迈尔太太橱窗里贴着"欧哥坡哥之眼"的甜点。但是劳拉肯定每次只给他一点点。

走到摩伊摩尔和斯库尼的途中，格兰特把车停在了河边，然后穿过荒原去找泰德·卡伦。才刚刚下午，吃过午饭后他应该还没开始钓鱼。

他是还没有开始。格兰特走到荒原边，朝下看向河谷，他看见下面中间的地方有三个人，正悠闲自在地坐在岸边。佐伊用她喜欢的姿势靠着岩石。在两侧是她的两位追随者，正目不转睛地注视着她：帕特·兰金和泰德·卡伦。格兰特开心地看着他们，他这才意识到比尔·肯里克帮了他最后一个忙，只是他一直没有察觉。比尔·肯里克让他免于坠入佐伊·肯塔伦的爱河。

只要再多几个小时，他就会爱上她。再多几个小时和她独处，他就会无可救药地爱上她。比尔·肯里克及时插手此事。

帕特首先看见了他，把他带来过来，就像小孩儿和狗对他们所喜欢的人做的一样。佐伊向后侧着脑袋看着他过来说："艾伦·格兰特，你什么也没错过。一整天一条鱼都没钓到。你能帮我拿着鱼竿吗？或许换个节奏就能逮到了。"

格兰特说他很乐意，因为他钓鱼的时间不多了。

她说："你还有一周的时间，可以抓光河里所有的东西。"

格兰特好奇她怎么会知道。他说道："不，明早我就回伦敦。"他第一次看见佐伊做出像成人受了刺激的反应。她的脸上立刻显出遗憾，就像帕特一样鲜明，但是帕特不像她会控制和掩饰。她用礼貌的声音温柔地说她感到很遗憾，但是脸上不再有任何情绪。她又成了安徒生所描写的童话中的脸庞。

泰德·卡伦便说："格兰特先生，我能和你一起回去吗？去伦敦。"

"我就是要你一起。明早的飞机我已经订了两个座位。"

最后，格兰特接过了泰德·卡伦使用的鱼竿——那是克伦多出来的一根——他们顺着河流边走边聊天。但是佐伊没了继续钓鱼的劲头。

她拆着鱼竿说道："我钓累了，想回克伦写点信。"

帕特踌躇不定地站在那儿，仍然像一只友善的狗夹在所效忠的两个人之间，随后说："我和佐伊一起回去。"

格兰特想，他说这话不仅仅是陪伴她，还像捍卫她，好像他也加入不满对佐伊不公的活动中。但是因为没人曾想过要对佐伊不公，他的态度当然没有必要。

他和泰德·卡伦坐在岩石上，将自己了解的消息告诉他。格兰特看见两个身影在荒原上慢慢变小，他有点好奇佐伊突然的退缩和沮丧。她就像个气馁的孩子，拖着疲倦的步伐回家。或者是想到了她的丈夫戴维，突然把她淹没了。这种哀伤就是：它离开你几个月直到你以为自己好了，然后没有预兆地又把阳光遮蔽。

泰德·卡伦说："但是那没什么好激动的，是吗？"

"什么没什么好激动的？"

"你谈到的古代城市。难道每个人都会感到激动吗？我的意思是，就是一个遗址而已。在当今世界，遗址一文不值。"

"不是那些，它们不同。"格兰特说道，"发现乌巴城的人就将书写历史。"

"我还以为你说他发现了一些重要的东西，是要说他在沙漠里发现了军工厂或类似的东西。"

"现在这些东西才是真正的一文不值。"

"什么？"

"秘密的军工厂。没人会因为发现了它而成为名人。"

泰德的耳朵竖了起来："名人？你是说发现那地方的人会成为一个名人？"

"我是这样说的。"

"不是。你只说他会书写历史。"

格兰特说："对，太对了。这两个词不再是同义词。是的，他会是一个名人，连图坦卡蒙墓的发现者都比不上。"

"你认为比尔会去见那个家伙了吗，劳埃德？"

"就算不是他，也会是那个领域中的其他人。他想找一个能把他所说的话当作重要事情的人来交谈。我的意思是，不是仅仅取笑他所看见的东西。他想见一个能对他的消息感到有趣和激动的人。好吧，他做的正是我做过的。他会去博物馆或者图书馆，甚至去某个大卖场的信息部，然后找出谁是最著名的阿拉伯半岛的英国探险者。因为图书管理员和馆长都是卖弄学问的人，信息部受制于诽谤法，所以比尔会得到一份名单，让他自己挑选。不过劳埃德是其他人的领袖，因为他不但探险还撰写文章。可以说是这个领域家喻户晓的人物。所以有二十分之一的概率，比尔会选择劳埃德。"

"所以我们就查出他在何时何地见过劳埃德，然后从那儿追查他的踪迹。"

"是的。我们还要查出，他是以查尔斯·马丁还是用自己的名字见的劳埃德。"

"他为什么要用查尔斯·马丁去见他？"

"谁知道？你说他有些谨慎。他可能想隐瞒和 OCAL 的关系。

OCAL 对于你们的航线和行程有严格要求吗？或许就这么简单。"

卡伦静静地坐了一会儿，用钓鱼竿的尾部在草地上画了个图形，然后说："卡伦先生，别认为我太夸张或太敏感或太傻，但你没有想过，比尔是被人谋杀的，你说呢？"

"当然可能。确实会发生谋杀。甚至是一个聪明的杀人犯罪嫌疑人。但是，不是谋杀的可能也很大。"

"为什么？"

"这个，就这件事来说，警察已经调查过了。虽然所有的侦探小说都是反面描述，但是刑事调查部门真是一个很高效的机构。如果你能接受有点偏见的看法，到目前为止，它是当今这个国家——或任何时代、任何其他国家，最有效率的机构。"

"但是警察已经在一件事情上犯了错误。"

"你的意思是关于他的身份。是的，但是他们几乎不该因此而受到指责。"

"你是说因为布局很完美。好吧，还有其他什么会像查尔斯·马丁一样完美的布局吗？"

"当然没有。正如我说的，这确实是一起聪明的谋杀。伪造身份容易，但逃脱谋杀罪要难得多。你认为是怎么谋杀的？是火车离开尤斯顿站后，有人进来重重打击了他，然后布置得像是跌倒？"

"是的。"

"但是火车离开尤斯顿站后没人去找过 B7。B8 说在乘务员巡视后不久，就听见他返回屋并且关上门，再也没有过交谈声。"

"从背后重击一个人的脑袋不需要交谈。"

"是的，但是需要机会。需要打开门，在合适的位置找到机会重击他。即使不选择时间，卧铺房间也不是一个容易下手的地方。任何人想要置人于死地，都得走进卧铺房间，在走廊里不能杀人。当受害者躺在床上不行，当受害者面对着你不行，在卧铺房间里他一意识到有人就会转过脸。因此只有在进行了初步交谈后杀人。B8 说没有听到交谈声或有人来访。B8 是那种无法在火车上入睡的女人。她一早就醒着，任何微小的声音、尖叫或走动声对她都是一种折磨。她通常在两点半才熟睡，打起鼾声，但是比尔·肯里克在这之前就死了。"

"她听见他倒地的声音了吗？"

"她好像听见'砰'的一声，以为他在取行李箱。当然他没有行李箱，不会发出那样的声音。对了，比尔会说法语吗？"

"就够日常交流。"

"像 *Avec moi*（和我一起）。"

"是的。就这样。怎么啦？"

"我就是好奇。他好像打算在某个地方过夜。"

"你是说，在苏格兰？"

"是的。他带着《新约全书》和法文小说。而他并不会说法语。"

"或者他的苏格兰朋友也不会。"

"是的，苏格兰人一般都不会。但是，如果他打算在某地过一夜，他就不能在巴黎和你见面。"

"哦，只晚一天，不用为比尔担心。他可以在四号给我发个电报。"

"是的……我希望我能想出他彻底伪装自己的原因。"

"伪装自己？"

"是的。彻底打扮成其他样子。为什么他想让人以为他是个法国人？"

卡伦先生说："我想不出为什么有人要让别人以为自己是法国人。你想从劳埃德那儿打探什么？"

"我希望是劳埃德在尤斯顿站给他送行。记得他们说起了羌凯利，对老酸奶的耳朵来说那词就是抢卡利。"

"劳埃德住在伦敦？"

"是的，住在切尔西。"

"我希望他在家。"

"我也希望如此。现在我要去度过在特利的最后时光。你是想在这儿坐着想想问题，还是和我去卡伦吃晚饭，见见兰金一家？"

泰德说："那还不错。我还没有和子爵夫人说再见。我对子爵夫人改变了看法。格兰特先生，你说子爵夫人是典型的贵族吗？"

"她确实拥有所有典型的特质。"格兰特一边说一边挑着路走到岸边。

格兰特一直钓到光线提醒他夜幕降临，但是一无所获。这个结果他既不惊讶也不失望。他的思绪早跑到了别的地方。他不再看见水中比尔·肯里克那死人的面庞，但比尔·肯里克这个人一直围绕着他。比尔·肯里克占据着他的脑海。

最后，他叹了口气收起了鱼竿，不是因为鱼袋空空，也不是因为要和特利说再见，而是因为他还是想不出比尔·肯里克要彻底伪装自己的原因。

当他们朝克伦走去时，泰德说："我很高兴有机会欣赏这座岛，它和我想得有点不一样。"

从他的语气格兰特推断，他把这里想成了像乌巴城一样的地方——住着猴子和恶灵。

格兰特说："我希望是看见它让你更加开心。有天你要再回来，好好钓次鱼。"

泰德害羞地笑笑，然后摸了摸乱糟糟的头发："哦，我想巴黎更适合我，或者维也纳。当你在这荒凉的小镇度日时，就会向往灯火通明的地方。"

"好吧，我们在伦敦就会灯火通明。"

"是的。可能伦敦会是另一番感受。伦敦还不错。"

当他们刚一抵达，劳拉就来到门口说："艾伦，我听说——"随后她注意到了格兰特的同伴。"哦，你一定就是泰德。帕特说你不相信特利河有很多鱼。你好，很高兴你来。进去让帕特带你洗一洗，然后在晚饭前一起来喝一杯。"她把转来转去的帕特叫过来，把客人交给他负责。她解决了卡伦先生后，便再次走向被她控诉的格兰特。"艾伦，你明天不能回城。"

"但是，拉拉，我已经康复了。"他一边说一边想着是什么惹恼了她。

"好吧，那又怎么样？你的假期还有一周多的时间，特利要进入一年中的好时节。你不能抛下这一切，只为了一个自己把自己丢进洞里的年轻人。"

"泰德·卡伦没有陷在什么洞里。如果你以为我是在空想，那就错了。我明天走是因为有事情要做。"格兰特继续说道，"我等不及要赶紧走。"但是即使是像劳拉这样亲密的人，这样说也会引起误解。

"但是我们很开心，事情是——"她突然停住了，"噢，好吧。我怎么说也无法改变你的想法。我知道了。任何事情都无法改变你的心意。你一直都是一个让人讨厌的世界主宰。"

格兰特说："一个很可怕的比喻。难道你就不能用子弹、直线或类似这样坚定不移但破坏性小点的词来形容吗？"

她用胳膊挽住他，友好又有点逗趣地说："但是，亲爱的，你就是有破坏性。"当格兰特要抗议时，她说道："用你能想到的最和善最有杀伤力的方式。来，喝一杯。你看起来可以喝酒了。"

11

即使是坚定不移的格兰特，一定也有他犹豫不定的时候。

当他在斯库尼登上前往伦敦的班机时，内心的声音说道："你这个傻子！甚至会放弃一周的宝贵假期去寻找什么虚幻的目标。"

"我不是去寻找什么虚幻的目标。我只是想知道比尔·肯里克发生了什么事？"

"比尔·肯里克对你来说是什么，你甚至会为他放弃闲暇的一周时间？"

"我对他感兴趣。如果你想知道，那么我喜欢他。"

"关于他，你一无所知。你用自己想象的形象造了一个神，然后忙着膜拜它。"

"我很了解他，听过泰德·卡伦说过。"

"一个有偏见的证人。"

"更为重要的是，他是一个好人。像 OCAL 这样的机构里，卡伦可以选择的交友范围很广，而他选择了比尔·肯里克。"

"很多好人都交了罪犯做朋友。"

"就这点来说，我还认识一些还不错的罪犯。"

"是吗？多少？你会为了这种罪犯舍弃多少时间？"

"不超过三十秒。但是肯里克这个小伙儿不是罪犯。"

"随身携带着别人的一整套证件可不是一件特别守法的事，是吗？"

"关于这点，我不久就会查明。此刻请闭嘴，别来烦我。"

"哼！被难住了，是吗？"

"走开。"

"你这个年纪还要为了一个不认识的家伙冒险！"

"谁在冒险？"

"你根本不用坐飞机。你本可以坐火车或汽车回去。但是没有，你非得把自己关进一个匣子里，一个窗和门都不能打开的匣子里，一个你无法逃脱的匣子里。一个压抑、沉寂、密闭、与世隔绝——"

"闭嘴！"

"啊！你已经呼吸急促了！十分钟之内，你就会被彻底打败。艾伦·格兰特，你得去检查脑袋，你确实该把你的脑袋检查一下。"

"我的头颅器官里还有一个仍然运行得很好。"

"是什么？"

"牙齿。"

"你打算嚼点什么？没效。"

"不是。我准备咬紧牙关。"

或许是因为他对病魔嗤之以鼻，或许是比尔·肯里克的一路相伴，这次的旅行格兰特心平气和。泰德·卡伦一屁股坐在他旁边的座位上，立刻就睡着了。格兰特闭着眼，让画面在脑海里形成、溶解、消失，再重新形成。

比尔·肯里克为什么要彻底伪装自己？

他想去骗谁？

为什么要去骗人？

当他们盘旋着要着陆时，泰德醒来了，看也没看窗外就开始整理领带，梳理头发。显然，即使在无意识的状态下，飞行员头脑中的某种第六感对速度、距离和角度都保有记录。

泰德说道："好了，返回了灯火通明的伦敦和古老的威斯特摩兰酒店。"

格兰特说："你不必回酒店，我可以给你提供一张床。"

"格兰特先生，你真好，很感谢。不过我可不能去给你的妻子，或其他什么人——"

"我的管家。"

"我不能去给你的管家添麻烦。"他拍拍口袋，"我很有钱。"

"甚至在——什么地方？在巴黎待了两个星期之后？我真要祝贺你。"

"哦，好吧。我想巴黎已经今非昔比了，又或者是我在想比尔。总之，我不想麻烦任何人给我提供住处，还是要谢谢你。如果你要忙，不会希望我在周围碍事。但是这件事不要把我排除在外，好吗？就像比尔说的，让我跟着你。他曾这样说。"

"我当然会带着你，泰德，肯定的。我在奥本的旅馆里下了鱼饵，把你从白人世界里钓了出来。现在我肯定不会把你放回去。"

泰德咧嘴笑了起来："我想你知道自己在说什么。你什么时候去见劳埃德那个家伙？"

"如果他在家，今晚就去。探险家最不好的一点就是，他们不是在探险就是在演讲，所以他可能在中国和秘鲁之间的任何地方。什么吓到你了？"

"你怎么知道我吓到啦？"

"亲爱的泰德，你那单纯而又坦率的脸，永远也装不出八面玲珑。"

"没有，只是你选了两个比尔也常选的地方。他常那样说，'从中国到秘鲁'。"

"他吗？他好像也知道约翰逊。"

"约翰逊？"

"是的。塞缪尔·约翰逊。这是一句引文。"

"哦。哦，我知道了。"泰德看起来有点羞愧。

"泰德·卡伦，如果你仍然怀疑我，那你最好现在就和我去趟维多利亚地区，让我的那些同事为我做证。"

卡伦先生白皙的皮肤变得绯红。"抱歉。有那么一会儿，我——确实听起来你好像认识比尔。格兰特先生，你得原谅我的多疑。你知道，我真的很茫然，在这个国家一个人也不认识。我当然不是怀疑你。我只能靠外表来认识人，我的意思是以貌取人。我对你的感激之情真的无以言表。你得相信。"

"我当然相信。我只是逗你玩呢，我也没理由不信你。你要是不怀疑才笨。这是我的地址和电话号码，见了劳埃德我就给你打电话。"

"你不认为，或许我该和你一起去吗？"

"不用。我想这样一个小场合两个人去有点多了。今晚你什么时候会在威斯特摩兰可以接电话？"

"格兰特先生，我会一直坐在那儿等着接你的电话。"

"你最好找个时间吃饭。我八点半给你打电话。"

"好的。八点半。"

格兰特心怀喜爱之情看着灰蒙蒙的伦敦点缀着鲜红色。过去军中护士所穿的衣服就是灰红相间。在某种程度上，伦敦给人以同护士制服一样的优雅和权威感。那种尊贵、表面冷漠下潜藏的仁慈和所应享有的尊敬都弥补了那美丽褶边的缺失。他感激地看着红色的公交车美化了灰色的大。伦敦鲜红色的公交车是多么让人欣喜的事情。在苏格兰，公交车被漆成最伤感的颜色：蓝色。如此伤感的颜色成了忧郁的代名词。上帝保佑，英格兰人拥有更为乐观的想法。

他发现廷克太太正在打扫闲置的卧室。对任何人来说，都丝毫没有必要去打扫一间闲置的卧室，但是廷克太太从打扫房间中所获得的快感，和其他人从写交响曲、赢得高尔夫奖杯或是畅游英吉利海峡所获得的快感一样。她属于那种劳拉曾简单描述过的多数人，"每天都会清洗前门台阶，但每六周才会洗一次头的女人"。

当她听到锁眼里的钥匙声，便来到闲置的卧室门边说道："哦，这会儿屋里一口吃的也没有！你怎么没告诉我你从外地提前回来了？"

"没关系，廷克。反正我也不想吃饭，我就是顺便来放一下行李。你走的时候，买些东西留给我今晚吃。"

廷克太太每晚都回家，一部分是因为她得给某个她称为"廷克"的人做晚餐，一部分是因为格兰特一般喜欢晚上独享公寓。格兰特从未见过"廷克"，廷克太太和他的唯一联系好像就是由一顿晚餐和某个结婚证书构成。她真正的生活和兴趣在 S.W.1 区的坦比路十九号。

"有电话吗？"格兰特一边问一边翻阅着电话簿。

"哈洛德小姐让你一回来就给她打电话，一起吃饭。"

"噢。她的新剧演出顺利吗？评论怎么样？"

"很糟糕。"

"所有人都认为吗？"

"反正，我遇见的每个人都是这样。"

在她嫁给廷克之前，那段自由自在的日子里，廷克太太曾是一位剧院服装师。的确，如果不是为了这顿习惯性的晚餐，她很可能每晚仍在 W.1 区或 W.C.2 区给某个人穿服装，而不是在 S.W.1 区打扫闲置的卧室。因此，她在剧院事务方面的兴趣也是有过经验、熟悉情况的内行。

"你看过那部剧吗？"

"我没看。你知道这是一部有言外之意的剧。她把一只陶瓷狗放在壁炉台上，但它根本不是一只陶瓷狗，而是她的前夫。后来她的新男友把这只狗打碎了，然后她就疯了。你要知道，不是发火，而是发疯。深奥难懂。不过我想，如果你想成为一个女爵士，你就要开始演深奥难懂的剧。你晚餐想吃什么？"

"我没想过。"

"我可以给你留点美味的鱼，用热水炖着。"

"如果你爱我，就别做鱼。上个月我吃了足够有一辈子的鱼。只要不是鱼和羊肉，什么都可以。"

"好吧，不过现在去布里奇斯先生那儿买腰子太晚了，我看看能做点什么。假期愉快吗？"

"美好，美好的假期。"

"那就好。我很高兴看见你长胖了点。你也不用那样疑虑地拍着腹部。任何人长胖点都没坏处，不要瘦得像个竹竿。你得有点能量储备。"

当格兰特换上他最好的外出套装时，廷克太太就在周围转悠，闲聊着她所发生的事情。后来格兰特打发她去那间闲置的卧室随心所欲，然后他处理了一些不在家时堆积的琐事，就出门走入了四月初平静的夜里。他绕到汽车修理厂，答了些关于钓鱼的问题，听了三个一个月前去高地时就听过的钓鱼故事，然后取回了他用来处理私事时的两辆小车。

他花了些时间才找到布里特巷五号。一群老旧的房屋进行了各种改造和整修。马厩变成小屋，侧翼厨房变成住宅，零散的楼层变成了公寓。布里特巷五号好像就只是一个门牌号。这扇大门嵌在砖墙里，它那镶铁的橡木材料在一大片质朴的砖瓦房里显得有些矫情。不过，它很坚固，本身也很普通，当你叫门时很容易就打开了。推开门之后是一个院子。当整个布里特巷五号仅仅是另一条街后侧的屋子时，这是个厨房院子。现在这个院子铺砌成了一个中间有喷泉的庭院，以前的侧屋成了一间。当格兰特穿过门前的小庭院时，他注意到铺砌的瓷砖有些旧但很漂亮，喷泉也很美丽。赫伦·劳埃德没有用一些更为漂亮花哨的门铃来代替简单的伦敦电铃按钮，这让格兰特在心里叫好，它良好的品位弥补了先前不得体的大门。

室内也呈现出阿拉伯式的空旷，丝毫看不出物件是从东方搬至伦敦。越过应门的男仆，他看见干净的墙面和奢华的地毯，一种装饰风格的适用，而非装潢布局的生搬硬套。他更为敬佩赫伦·劳埃德了。

男仆好像是个阿拉伯人，一个来自城市的阿拉伯人，身材肥硕，眼光有神，举止有礼。他听了格兰特的来意，用文雅且很标准的英文询问是否有预约。格兰特说没有，但不会耽搁劳埃德先生太久。劳埃德先生能帮忙提供些有关阿拉伯半岛的信息。

"请进，我去问问，稍等。"

他把格兰特领进前门里面的一间小屋，从它狭窄的空间和简陋的陈设可以看出，这儿就是用来等候的。他想，像赫伦·劳埃德这样的人，肯定常常会有陌生人出现在他家门口，向他寻求些好处或帮助，甚至可能只是来要张他的亲笔签名。想到这点，他对自己的擅自来访稍感宽慰。

劳埃德先生好像没考虑他的请求太长时间，因为男仆很快就回来了。

"请进，劳埃德先生很高兴见你。"

客套话，但是让人舒心的客套话。他跟随这个男人走上狭窄的楼梯，走进一间几乎占据了整个二楼的大屋子，他想礼仪是多么好的生活缓冲器。

"格兰特先生，哈吉。"（伊斯兰教对曾朝觐麦加的教徒的荣誉称号——译者注）这个男人说着便站到一边让他进去。格兰特听到这话想着：这第一句就是装腔作势，英国人当然不去麦加朝觐。

格兰特看着前来欢迎的赫伦·劳埃德，好奇地想，是因为他看起来像沙漠里的阿拉伯人才萌生了去阿拉伯沙漠的想法，还是因为在阿拉伯沙漠逗留多年后，他长得像沙漠里的阿拉伯人。劳埃德是极度理想化的沙漠里的阿拉伯人。格兰特逗趣地想，他就是个阿拉伯的流动图书馆。黑色的眼睛，瘦削的棕色面庞，洁白的牙齿，鞭子似的体形，纤细的手和优雅的动作：所有这些，都直接出自蒂莉·塔利小姐最新作品的第十七页（下周的新版共计二十五万四千字）。格兰特用力地提醒自己不能以貌取人。

这个男人所做的旅行载入了世界探险的史册，他还用英文将其记载，虽然辞藻有些浮夸，但仍被认为是一部文学作品。昨天下午在斯库尼，格兰特曾买了他最新出版的书。赫伦·劳埃德可不是一个只会空谈的酋长。

劳埃德身穿传统的伦敦服饰，举止得体。如果有人从未听说过他，会认为他是伦敦人中富裕的职业阶层，可能是某个有点爱炫耀的阶层。一名演员，或是哈利街令人信服的顾问，或是一名社会摄影师，但是总而言之，就是一位从事传统职业的伦敦人。

他握着手说道："格兰特先生，穆罕默德说我能帮你的忙。"

他的声音让格兰特感到惊讶，不洪亮带着些怨气，但与词义或情绪毫无关系。他从矮茶几上拿起一盒烟递过来。他说自己不抽烟，因为长期在东方生活，让他养成了伊斯兰教的习惯，但是如果格兰特想尝点儿不一样的，他会推荐这种烟。

格兰特就像体验每个新的经历和感觉一样，饶有兴趣地接过烟，同时对自己的径自闯入表示抱歉。他想知道在过去一年多的任何时间，是否曾有一位叫查尔斯·马丁的年轻小伙向他咨询过关于阿拉伯半岛的信息。

"查尔斯·马丁？没，我想没有。当然，确实有很多人为了这样那样的事来见我。事后我一般都忘了他们的名字。但是我想这么简单的名字，我该记得。你喜欢那烟吗？我知道很小的半亩地用来种植这种烟草。那是个美丽的地方，自马其顿的亚历山大大帝经过那里时起，就未曾改变过。"他微微一笑，补充道，"当然，除了他们学会了种植这种烟草。我认为，这种烟草配点甜雪利酒很棒。这是另一个我得避免的不良嗜好，不过我可以陪你喝杯果汁饮料。"

格兰特琢磨着，沙漠地区对陌生人热情好客的传统，对于一个身在伦敦的名人，当谁都能随意来访时，这花费肯定有些高昂。他注意到劳埃德所拿起的酒瓶上的标签，既是质量保证书也是一种告示。劳埃德好像既非穷人也非吝啬之徒。

格兰特说："查尔斯·马丁也叫比尔·肯里克。"

劳埃德放低正要倒酒的杯子说道："肯里克！他前几天才来过这里。我说的前几天，更确切地说是一两个星期以前。总之，就是最近。他为什么要用化名？"

"我自己也不知道。我是代他的朋友来打听的。本来三月初他要在巴黎和朋友见面。确切地说是在四号，但他没出现。我们发现就在他该出现在巴黎的那天，他死于一起事故。"

劳埃德慢慢地把杯子放在桌上。

"所以这就是他没再返回来的原因。可怜的孩子，可怜的孩子。"

"你有安排再见他吗？"

"是的。我认为他很有魅力也很聪明。不过你可能也知道，他痴迷于沙漠，产生了要探险的念头。有些年轻人仍有这样的想法。即使在这个禁锢和虚饰的世界，仍然有探险家存在。这肯定让人感到高兴。肯里克出了什么事？车祸吗？"

"不是。他在火车上跌倒，颅骨断裂。"

"可怜的人，可怜的人。遗憾。我可以向忌妒之神贡献一打更加该死的人来交换他。一个残忍的词语：该死。所表达的这种想法在几年前甚至都无法想象，但到如今，我们已经发展到了野蛮残暴的极致。你为什么想知道肯里克这个小伙是否来见过我？"

"他死的时候，乔装成了查尔斯·马丁，持有一整套查尔斯·马丁的证件。我们想知道他从什么时期开始化名为查尔斯·马丁。我们几乎可以确定，痴迷于沙漠的他会在伦敦探访一些这个领域的权威。因为您，先生是这个领域的最高权威，所以我们从您开始。"

"我知道了。好吧，我想来见我的那个人，肯定是肯里克，比尔·肯里克。一个黝黑的年轻人，很有魅力，也很健壮。我的意思是，对未知的可能具有很好的态度。我和他相处愉快。"

"他来见你，提到什么明确的计划了吗？我的意思是，有一个具体的提议吗？"

劳埃德微微一笑："他和我谈及一个我常遇见，也是所有提议中最普通的一个，去乌巴城遗址探险。你知道乌巴城吗？它是阿拉伯半岛传说中的城市，是阿拉伯半岛的'一座平原上的城市'，它重复出现在传说之中。人类在欢愉的同时感到了永恒的罪恶。为了避免凡人的康乐招来神灵的愤怒，如果不触碰木头或交叉手指或采用其他方式，人们甚至不敢谈论身体的健康。所以阿拉伯半岛有它的乌巴城：这座城市因为财富和罪恶而被火毁灭。"

"肯里克认为他已经发现了这座城市的遗址。"

"他很确信。可怜的孩子,希望我没有对他发脾气。"

"那么,你认为他是错的?"

"格兰特先生,从红海穿越阿拉伯半岛直到波斯湾,都存在传说中的乌巴城,几乎每隔一英里就有一个声称是城市遗址的不同地点。"

"你不相信,或许有人会意外地发现它?"

"意外?"

"肯里克是个飞行员。可能在他被吹离航线时,看见了那个地方,对吗?"

"那他和他朋友谈起过此事吗?"

"没有。据我所知他没和任何人说起过。这是我个人的推断。是什么阻止了用这种方式发现那个地方?"

"如果真的存在那个地方,当然没有什么能阻止,没有。我说过,那是一个几乎遍及全球的传说。但是遗址所在地的故事追踪到'遗址'的源头往往证明是些其他的东西。我想可怜的肯里克看到的是一颗流星的陨石坑。我自己曾见过那个地方。我的一位前辈在寻找乌巴城时发现的———一个不可思议的地方,就像是人工建造而成。隆起的陆地形成尖峰和形似毁灭性锯齿状的山丘。我想我这儿哪个地方还有一张照片,你可能想看看,真是非同寻常。"他站起身,推开身后毫无装饰的一面漆制木墙上的嵌板,露出一个一直从地面延至屋顶的书架,"或许也是幸事,不是每天都有各种大小的流星掉到地球上。"

他从较低的架子上取出一个相册,穿过房屋走回来,在集子里寻找那个地方。在毫无防备之下,格兰特被一种似曾相识、奇怪的感觉所抓住。他感觉曾在哪里见过劳埃德。

他审视着劳埃德放在面前的这张照片,确实是个奇特的东西,简直是对人类成就轻蔑的仿制品。但他的脑袋正忙于思索那奇怪的似曾相识之感。

难道只是他在某个地方看见过赫伦·劳埃德的照片？但是，如果是那样，如果是他仅仅在一些介绍劳埃德丰功伟绩的描述中，把他的脸当作一种附属品看见过，那么那种似曾相识的感觉该在他一走进屋子看见他时就产生。这不是在某个地方就已经认识劳埃德的感觉，而是其他一些情况。

劳埃德说："看见了吧？即使是在陆地，人也得靠近才能确定这东西不是一个人类居住的聚集地。从空中看，肯定会有更多的误解。"

格兰特虽然应和道："是的。"但他并不相信。因为一个非常合理的原因。从空中，陨石坑会清晰可见。从空中，它看上去完全就是一个被隆起的陆地所环绕的圆坑。但他并没对劳埃德说，而是让他继续讲述。他对劳埃德越发感兴趣。

"按照他自己的描述，肯里克穿越沙漠的航线很接近那儿，所以我想他所看见的就是那里。"

"你知道他确定了那地方的精确位置吗？"

"我不知道，没问过他。但我想会的。他给我留下的印象是个非常有能力、聪明的年轻人。"

"你没有问他详情？"

"格兰特先生，如果有人告诉你，他在皮卡迪利大街海军和军人俱乐部正对面，发现长了一株冬青树，你会感兴趣吗？还是你只会想着必须耐着性子忍着他？我对鲁卜哈利沙漠的了解和你对皮卡迪利大街的了解一样。"

"没错，当然。那么在火车站给他送行的不是你？"

"格兰特先生，我从不给任何人送行。顺便问一下，他去哪儿？"

"去斯库尼。"

"去苏格兰高地？我知道他一直想找点乐子。他为什么要去高地？"

"不知道。这是我们急于查明的其中一件事。他没向你说过什么可能提供线索的东西吗？"

"没有。他倒是提过想要寻求其他人的赞助。我的意思是，当我这里无法获得依靠，他可能找到了一个住在那里的赞助者，或是希望去那儿找一个赞助者。我立刻还想不到任何一个明显的人物。当然，有个金赛休伊特，他有苏格兰的亲戚，但我想此刻他在阿拉伯半岛。"

好吧，至少就比尔带着一个小旅行包短暂访问北部这件事，劳埃德提供了第一种合理的解释。去找可能的赞助者商讨。当他就要去巴黎见泰德·卡伦时，他在最后时刻找到了一位赞助者，便赶往北部去见他。但为什么以查尔斯·马丁的身份呢？

好像这种想法传递给了劳埃德，他说道："顺便问一下，如果肯里克以查尔斯·马丁的身份旅行，怎么会被认出是肯里克？"

"我在那趟去斯库尼的火车上，看见他死了，而他潦草写下的几句诗引起了我的兴趣。"

"潦草？写在什么上面？"

"一张晚报的空白处。"格兰特一边说一边好奇地想肯里克写在什么上面有什么关系吗？

"哦。"

"我正在休假，无事可做，所以就用这些已经获得的线索自娱自乐。"

"你在破案。"

"是的。"

"格兰特先生，你的职业是什么？"

"我是公务员。"

"呀，我还以为是在军队里。"他微微一笑，拿起格兰特的杯子再次倒酒，"当然，级别较高。"

"一般参谋？"

"不是。我想是外交专员，或在情报机关。"

"参军期间，我确实做过点情报工作。"

"所以，在那里，你可以让自己的爱好一展所长。或许我该说是你敏锐的洞察力。"

"谢谢。"

"这可不是普普通通的才能就能识别出查尔斯·马丁就是比尔·肯里克，或者他持有肯里克的物品所以很容易识别出来。"

"没有。他是以查尔斯·马丁的身份下葬。"

"粗心大意的苏格兰人处理猝死的典型方式。他们总是为自己不用尸检而扬扬得意。我自己认为苏格兰肯定是逃脱谋杀罪的理想地点。如果我真要设计一次谋杀案，我会把受害者向北引诱到英格兰和苏格兰的交界地区。"

"恰巧进行了一次尸检。意外在火车离开尤斯顿后不久发生的。"

"噢。"劳埃德想了会儿说道，"你不认为应该把这事儿报告给警察吗？我是说他们用一个错误的名字埋葬了一个人这个事实。"

格兰特本来要说："死者查尔斯·马丁是肯里克的唯一证据就是我所指认的一张不是很清楚的快照。"不过某些东西阻止了他，转而说道，"我们首先要知道他为什么会持有查尔斯·马丁的证件。"

"啊，是的，我明白。那肯定是件非常可疑的事情。一个人没有一些预谋是无法取得一个人的证件。有人知道查尔斯·马丁是谁了吗？"

"是的。关于这一点警察很确信，没有一点可疑。"

"唯一不解的是肯里克怎么会有马丁的证件。我知道你为什么不愿去找官方了。给他送行的那个男人呢？在尤斯顿。他可能是查尔斯·马丁吗？"

"我想有可能。"

"证件可能仅仅是借来的。不知怎么地，可以这样说，肯里克给我的印象不是一个穷凶极恶的人。"

"不是。所有迹象都表明，他不是。"

"这整件事太古怪了。你说他发生了一场意外：我想这是一次意外该没什么可疑吧？没有迹象表明发生过争执吗？"

"没有，这种意外不可避免，任何人都有可能发生摔倒。"

"痛心。就像我说的，如今兼具勇气和智慧的年轻人太少了。确实有很多不远千里来见我的人——"

他滔滔不绝地讲着，格兰特就坐在那儿看着、听着。

劳埃德好像很乐意坐在这儿与一个陌生人交谈。毫无迹象显示他晚上有约会或有客人来共进晚餐。这个主人没有在交谈中给客人留下任何可以告辞的空隙。劳埃德坐在那儿用尖细的声音滔滔不绝地讲着，同时欣赏着放在腿上的手。他不断地变换着手的姿势，不是作为强调话语的姿势，而是重新做一种摆设。格兰特发现他像自恋狂一样很专注。他聆听着这小屋子的寂静，把城市和交通关在门外。在《名人录》的自传里没有提及他的妻子和孩子；一般拥有这两者的人都会很骄傲地提及，所以这个屋子里只有劳埃德和他的仆人。难道他的兴趣足以弥补人类陪伴的缺失？

他，艾伦·格兰特也缺少有人陪伴的温暖，但是他的生活里充满了人，回到他那间空荡的公寓反而成了奢侈，精神的愉悦。赫伦·劳埃德的生活也很充实、很满足吗？

或者，他这个真正的自恋者也曾需要伙伴而非自己的影子？

他想知道这位老人有多大年纪，肯定比他看起来要老些，他是阿拉伯半岛探险者中的老前辈。五十五甚至更老，大概快六十了。

在他的传记里，并未提及出生日期，所以他可能差不多六十了。就算身体状况良好，他也忍受不了多少年的艰苦生活了。余下的这些年他会做什么？都花在欣赏他的手吗？

劳埃德说："当今世界唯一真正的民主，正在被我们称为文明的东西所破坏。"

格兰特再次产生了那种熟悉的、似曾相识的感觉。是他曾见过劳埃德，还是劳埃德让他想起了某个人？

若是如此，那人是谁？

他必须离开了，然后思考这个问题。总之，是他该离开的时候了。

当格兰特准备告辞时，问道："肯里克告诉过你，他住在哪儿了吗？"

"没有。你知道，我们没有确定要再次见面。我让他离开伦敦之前再来见我。他没来，我认为是他有所不满，或是生气了，因为我缺乏——同情心，是这样吗？"

"没错，这对他肯定是一个打击。好了，我占用了你太多时间，非常感谢你的耐心。"

"我很乐意帮忙，就怕帮不上太大的忙。这事儿，如果我还能做什么，非常希望你能毫不犹豫地来找我。"

"好的——有一件事儿，但你都已经非常热心了，我都不好再开口了。尤其是因为这事还有点无关紧要。"

"什么事？"

"我能借一下那张照片吗？"

"照片？"

"陨石坑的照片。我注意到照片是插在你的相册里，而不是贴着。我很想把它给肯里克的朋友看看。我诚心实意地保证会归还，完好无损——"

"你当然可以把照片拿去，不用麻烦还回来。这图是我自己照的，底片存放在了适宜的地方。任何时候，我都能很容易地再冲洗一张照片。"

他巧妙地从相册的固定物中把照片取下，然后交给了格兰特。他和格兰特一起下楼，并送他到了门口。当格兰特称赞起小院时，他还聊了一下，随后很礼貌地等格兰特走到了大门口，才关上了门。

格兰特打开搁在汽车坐垫上的晚报，把照片小心地放在折缝处。然后他把车开至河边，沿着维多利亚地区行驶。

他想，这老地方还像往常一样，看起来非常可怕地耸立在暮色中。当他来到指纹部时，感觉也是一样。卡特赖特把一支烟在茶碟里掐灭，茶碟上有一杯只剩半杯的冷茶。他欣赏着自己的最新作品：一套完美的左手指纹。

当格兰特的影子落在他身上，他抬头看着说道："漂亮，嗯？这就能把品克·梅森绞死。"

"难道品克没有钱买手套？"

"哼！品克可以买一堆。聪明的小品克，他只是不相信警察会想到那不是自杀。手套这种三流垃圾，是给小偷之流用的，不是像品克大师用的。你出远门了？"

"是的。我一直在高地钓鱼。如果你不是太忙，能临时帮我做点事吗？"

"现在？"

"噢，不用。明天也可以。"

卡特赖特看了下表："我和我妻子在剧院见面前都没什么事做。我们要去看玛塔·哈洛德的新剧。如果需要，我现在就能做。这工作难吗？"

"不难，非常容易。就在这儿，照片的右下角有一个完美的拇指印。我想你在背面也能找到一组漂亮的指尖印。我想把它们和档案里的比对一下。"

"没问题。你在这儿等着吗？"

"我要去趟图书馆再回来。"

在图书馆里，他取下《名人录》，查找金赛休伊特。相对于赫伦·劳埃德半个专栏的介绍，金赛休伊特只有很小的一部分。他看起来更年轻，已婚，有两个小孩儿；还有一个伦敦的地址。劳埃德所提到的"苏格兰亲戚"是指他是某个金赛休伊特的小儿子，这个家族在怀福还有一处房子。

好吧，总还是有可能，他现在或最近就在苏格兰。格兰特来到电话旁，给伦敦的地址拨通了电话。一位声音悦耳的女士答复说她的丈夫不在家。不，他有一段时间不在家了，他在阿拉伯半岛。他自十一月起就在阿拉伯半岛，最早也要到五月才会回来。格兰特谢过她后就挂了电话。比尔·肯里克不是去见金赛休伊特。明天，他得一个接一个地走访许多阿拉伯半岛方面的权威，询问他们这些问题。

格兰特在咖啡屋和偶遇的朋友喝了杯，然后才返回去找卡特赖特。

"提取指纹了吗，还是我回来太早啦？"

"我不但提取了指纹，还给你查了。结果是没有相符的。"

"我也认为不会有任何关系，只是想确认一下。不过还是要谢谢你。指纹我带走了。我想这次哈洛德的新演出，剧评很糟糕。"

"是吗？我从没读过剧评。贝利尔也不读。她就是喜欢玛塔·哈洛德。我也是。一双漂亮的大长腿。晚安。"

"晚安，再次感谢。"

12

当格兰特通过电话说完此事后，泰德·卡伦说道："你好像很不喜欢这家伙。"

"我吗？可能他刚好不是我的菜。喂，泰德，你很肯定不知道，就连脑海深处也不知道比尔会住在哪里。"

"我不用返回脑海深处，我只在浅层狭小的区域保存所有对我有用的东西。几个电话号码和一两篇祈祷文。"

"好吧，明天如果可以，我想让你去比较明显的地方转一圈。"

"行，当然。你说什么，我就做什么。"

"好的。你有笔吗？这儿有一张单子。"

根据推测，一个从很开放地区的小城镇来的年轻人，会找一个宽敞舒适却不太贵的旅馆入住，格兰特给了他二十个很有可能的住处名字。此外，他还加了几个知名的昂贵住处，年轻人拿着几个月的薪水可能会奢侈一下。

他说道："我想就这些了。"

"还有吗？"

"要是他没住在这里的其中一家，我们就完蛋了。因为，如果他没住在这里的某一家，我们就得搜寻伦敦的每家旅馆来找他，更别提可以寄宿的私人住宅了。"

"好。我一大早就开始做这事儿。格兰特先生，跟你说我很感谢你为我做的事。放弃你的时间去做其他人不会做的事，我是说，这些事警察都不会管。要不是你——"

"听着，泰德。我不是行善。我就是任性的人，向来爱管闲事，喜欢尽力而为。如果不是，相信我不会待在伦敦，今晚就会在克伦睡大觉。就这样了，晚安，睡个好觉。我们一起解决这些事情。"

他挂了电话，去看廷克太太留了什么在炉子上，好像是一种肉馅儿土豆泥饼。他端到起居室，心不在焉地吃着，还在想着劳埃德。

是什么让人感觉劳埃德这么熟悉？

他在脑海中回溯到初次产生似曾相识的感觉之前的那段时刻。劳埃德在做什么？拉开书柜的柜板，用一种故作优雅的姿势拉开它，稍显做作。这里面是什么唤起了他似曾相识的感觉？

还有更奇怪的事。

当他提到肯里克潦草的书写时，劳埃德为什么会问"写在什么上面"？

那无疑是最不正常的反应。

他对劳埃德具体说的是什么？他说他对肯里克感兴趣是因为他潦草写下的一些诗句。对此的正常反应肯定是："诗句？"这句话的关键词是诗句，他潦草的书写完全是顺便提及。

任何人对此信息的反应要是说"写在什么上面"都是无法解

释的。

除非所有的人类反应都能解释。

这是格兰特的经验，在一段陈述中，那些无关主题、未经考虑的词语才是重要的。让人满意的惊人发现就存在于断言和瞎猜的空白地带。

劳埃德为什么说"写在什么上面"？

他带着这个问题上床，带着这个问题入睡。

早晨，他开始从阿拉伯半岛方面的权威那儿打探消息，但结果不出所料毫无收获。爱好阿拉伯半岛探险的人很少再有钱去赞助其他事情。反而是他们自己常常会期待获得赞助。唯一的可能是某些人对此感兴趣会愿意分享他的赞助。但是他们中没人听过查尔斯·马丁或比尔·肯里克。

还没处理完就到了午饭时间，他站在窗边等着泰德的电话，考虑着是出去吃午饭还是让廷克太太给他煎蛋卷。又是灰蒙蒙的一天，但那徐徐的微风和潮湿的泥土味透着奇妙的乡土气息。他留意到这是一个钓鱼的好天气。有那么一刻，他希望自己是穿过荒原来到河边，而不是和伦敦的电话系统较劲。甚至不必去河边，有帕特陪伴着，在小度湖上乘着渗漏的船度过一个下午，他也能心满意足。

他转向桌子，开始清理早晨拆开的乱作一团的邮件。他俯身将撕碎的纸张和空信封扔进废纸篓里，但这动作做到一半时他停住了。

他想起来了。

现在他知道赫伦·劳埃德让他想起了谁。

小阿奇。

这真是太意外，太荒谬了，他在桌边的椅子上坐下，笑了起来。

小阿奇和那位优雅而且有修养的赫伦·劳埃德有什么共同之处？

失意？当然不是。在他所忠诚的国度里他是个外国人这一事实？不，太牵强。还有比这更接近本源的东西。

现在他毫不怀疑，劳埃德让他想起的人就是小阿奇。当想起了被遗忘的人名时，他体验到无与伦比的解脱之感。

没错。是小阿奇。

但是为什么？

这风马牛不相及的两人有什么共同之处？

他们的动作？不是。他们的体形？不是。他们的声音？是吗？

他心底的声音说道："他们的虚荣心，你这个笨蛋！"

是的，就是它。他们的虚荣心，他们病态的虚荣心。

他一动不动地坐着，开始严肃地考虑着这个问题。

虚荣心。恶行中的第一要素。犯罪意识里的不变因素。

仅仅设想一下——

他手肘边的电话突然发出蜂鸣声。

是泰德。他说他已经查到了第十八家，现在他是一个年迈的老者，但血管里流淌着拓荒者的血液，他会继续搜查。

"把事儿放一会儿，来和我一起吃饭。"

"哦，我吃过午饭了，在莱斯特广场吃了几个香蕉和一杯奶昔。"

格兰特说道："天啊！"

"怎么啦？"

"甜食，就是它。"

"当你在办事的时候，吃点甜食挺好的。你那边没什么收获吗？"

"没有。如果他北上是去会见赞助者，那么这个赞助者就只是某个有钱的业余爱好者，不是一个积极参与阿拉伯半岛探险的人。"

"哦，好吧，我要走了。下次什么时候给你打电话？"

"你一查完那张单子就打。我会在这儿等你的电话。"

格兰特决定吃煎蛋卷。当廷克太太准备时，他在客厅里来回踱步，让他的头脑天马行空地推测着，然后又立刻把它拉到常态，如此一来，它就像铁路车厢外的电报线，不断地扬起又不断地折回。

要是他们有一个头绪该多好。如果泰德走访完了那些可能的旅馆，仍然一无所获，该怎么办？只有几天，他就得返工了。他停止了对于虚荣心及其可能性的揣测，而是开始计算泰德走访完剩余的四家旅馆需要多长时间。

不过他的煎蛋卷吃到一半，泰德就亲自到了，满脸通红的他透着胜利的喜悦。

他说道："我不知道你怎么会把那阴暗狭小的脏地方和比尔联系起来。但你是对的，他正是住在那儿。"

"什么阴暗狭小的脏地方？"

"彭特兰。你怎么会想到那儿？"

"它可享有国际声誉。"

"那里？"

"一代又一代的英国人都会去那儿。"

"看起来就像那样！"

"所以比尔·肯里克就住在那儿。我越发喜欢他了。"

"是的。"泰德平静些了说道，胜利的红晕消退了，"我希望你能认识比尔。我真的希望你能认识他。没人比比尔更好。"

"坐下，喝点咖啡来消化你的奶昔。还是你想喝杯酒？"

"不用了，谢谢。我喝咖啡，闻起来真的很有咖啡的味道。"他用惊讶的口吻补充道，"比尔三号退的房。三月三号。"

"关于他的行李，你问了吗？"

"当然。起先他们并不感兴趣，但最后拿出了一个判决书大小的帐簿，说肯里克先生没有留下任何东西在储藏室或保险箱。"

"那就意味着他把行李带去了寄存处——就是行李寄存处，他从苏格兰回来时就能随到随拿。如果他回来后要去赶飞机，那么我想他会把它们放在尤斯顿车站，这样在去机场的路上提取。如果他要去坐船，那么他会在去尤斯顿车站前把它们放在维多利亚站。他喜欢海吗？”

“一般般。他并不痴迷，不过却有乘坐渡轮的癖好。”

“渡轮？”

“是的。好像从他还是个孩子时开始的，那时他在一个叫作庞培的地方——你知道在哪儿吧？”格兰特点点头。“他把所有时间都花在乘坐一种一便士的渡轮上。”

“以前是半便士坐一次。”

“好吧，原来如此。”

“所以，你认为他可能对火车和渡轮感兴趣。好吧，我们可以试试。但是如果和你见面的时间就要晚了，我想他会坐飞机过去。如果你看见他的箱子，能认出来吗？”

“哦，可以。我和比尔共用一间公司的小屋。我还帮忙打包过行李。其实如果是那样，里面还有一个是我的。他就带了两个箱子。他说如果我们买了很多东西，可以买一个手提箱来——”泰德的声音突然消失了，他把脸埋进了咖啡杯里。这是一个十分扁平的碗状杯子，绘有粉色的垂柳图案，是玛塔·哈洛德从瑞典给格兰特买回来的，因为他喜欢用大杯子喝咖啡，它可以很好地掩盖情感。

“你瞧，我们没有单子取回行李。我也不能动用任何官方手段。但是我认识很多在大站点上班的人，或者可以在私下里设法解决。就要由你去认出那些行李箱了。你说，比尔是个生性爱贴标签的人吗？”

“我想他要是像那样寄存行李会贴上标签。你认为，他为什么就不会把行李寄存单放在钱包里？”

“我在想可能是其他人替他存的行李箱。例如，在尤斯顿给他送行的那个人。"

"那个叫马丁的家伙?"

"可能。如果他临时冒充借用了证件,就得把证件还回去。可能马丁会和他在机场,或者在维多利亚站,或在任何比尔计划要从那儿离开英国的地方见面。马丁会带上行李箱并且取回自己的证件。"

"是的,有道理。我想我们就不能登个关于这位马丁的寻人启事?"

"我想这个马丁不会愿意回应的,他把自己的证件出借,因为这个不诚实的行径导致现在没有了身份。"

"可能你是对的。总之,他没有在那间酒店居住。"

格兰特惊讶地问道:"你怎么知道?"

"我鉴定比尔的签名时,查阅过那个册子:住宿登记册。"

"泰德,你在 OCAL 真是浪费了。你该加入我们。"

但是泰德并没有听他说话:"你无法想象,在所有陌生的人名中,突然看见比尔的签字是多么奇怪的感觉。一种让我窒息的感觉。"

格兰特从桌上拿起劳埃德那张陨石坑"废墟"的照片,把他递过桌子:"那就是赫伦·劳埃德认为比尔所看见的东西。"

泰德很感兴趣地看着。"真是奇怪,对吗?就像是倾毁的摩天大楼。你要知道,我一直认为美国发明了摩天大楼,直到我看到阿拉伯半岛。一些古老的阿拉伯城镇就是个小规模的帝国大厦。但是你说比尔所看见的不可能是这个。"

"不是。从空中看,它肯定更加明显。"

"你告诉劳埃德了吗?"

"没有。我就只让他说。"

"你为什么这么不喜欢那家伙?"

"我没说过不喜欢他。"

"你没必要说。"

格兰特犹豫了一下，然后像往常一样，分析自己确切的感受。

"我发现虚荣心令人反感。作为一个人我厌恶它，作为一个警察我不信任它。"

"它是一种无害的缺点。"泰德宽容地抬了下肩膀说道。

"你就错在了这里。它完全就是一种毁灭性的特质。当你说虚荣心的时候，你所想的就是对着镜子自我欣赏，买些东西自我装扮。但那仅仅是个人的骄傲自大。真正的虚荣心是种截然不同的东西。它无关个人而是一种人格。虚荣心说：'我必须拥有它，因为我就是我。'这真可怕，因为它无药可救。你永远也无法让虚荣心相信，任何其他的东西也有微不足道的重要性，他不懂你在说什么。他宁可去杀死一个人，也不愿服刑六个月，诸事不便。"

"但那是精神病。"

"那不是根据虚荣心的惩罚结果而言。当然不存在医学意义。它仅仅是虚荣心的逻辑。如同我所言，它是一种可怕的特质，是所有罪犯的性格基础。罪犯，真正的罪犯，与那在紧急时刻作假账的小人或发现妻子与陌生人同床愤而杀妻的男人不同。真正的罪犯和世界其他人一样，在长相、品位、才智和手段方面相差甚远，但是他们都有一个共同的性格特征：病态的虚荣心。"

泰德看起来好像似听非听，他在把这些信息用自己的一些私事来进行比照。他说道："听着，格兰特先生，你是说这个叫劳埃德的家伙不可靠吗？"

格兰特仔细考虑了一下，最后说道："我希望我知道。我希望我知道。"

泰德说："这——样！那当然也是一种不一样的思考事情的方式，对吧！"

"今早,我花了很长时间在思考是否因为我在罪犯身上看见过太多的虚荣心,所以我开始对它心生反感,导致对它过于不信任。从表面看,赫伦·劳埃德无可挑剔,甚至让人钦佩。他记录良好,经历简单,品位高雅,这都意味着具有一种合乎人性的审时度势的分寸感,他所获得的成就足以满足最自我的灵魂。"

"但是你认为——某个地方有些不对劲。"

"你还记得在摩伊摩尔的旅馆里向你传教的小矮个儿吗?"

"受迫害的苏格兰!那个穿苏格兰短裙的矮子。"

"苏格兰短裙。"格兰特不经意地说道,"嗯,不知什么原因,劳埃德给我的感觉和小阿奇一模一样。这有些荒谬,但真的很强烈。他们有着相同的——"他在寻找一个词汇。

"气味。"泰德说道。

"没错。就是它。他们有着相同的气味。"

在一段长久的静默后,泰德说道:"格兰特先生,你仍然认为比尔所遭遇到的是一场意外?"

"是的,因为没有相反的证据。如果我能找到任何其他原因,我完全准备相信它不是一场意外。你能清洗窗户吗?"

"我能做什么?"

"清洗窗户。"

"我想如果真到了迫不得已,我能试着去做的。"泰德凝视着说道,"怎么啦?"

"这事解决之前你可能得去清洗玻璃。让我们先去取行李箱,希望我们想要的所有信息都在那些箱子里。我才想起来,比尔提前一周订了去斯库尼的卧铺。"

"可能他在苏格兰的赞助者直到四号才能见他。"

"或许吧。不管怎样,他所有的证件和私人物品都在其中一个箱子里，希望里面有一本日记。"

"比尔不写日记。"

"不是那种。是见杰克 -1：15，接图茨 -7：30 这类。"

"噢，是的，那种。没错，如果他在伦敦各处拉赞助，我想他会有那样的日记。老兄，那可能就是我们所需要的！"

"如果有，那会是我们所需要的。"

但是什么也没有。

一无所有。

他们便轻松地从一些明显可能的地方开始：尤斯顿车站、机场、维多利亚站，高兴的是事情按照既定的方案进行得很顺利。

"您好，探长，今儿有什么能为您效劳的？"

"哦，你能给我这位来自美国的年轻朋友帮个忙吗？"

"什么忙？一个包收费三十三。"

"我们每个付你三十三。他想知道他的哥们儿是否在这儿留下了两个行李箱。能让他去看一看吗？我们不会乱移任何东西，就只是看一看。"

"好吧，探长，不管你信不信，在这国家这事儿还是免费的。来后面吧。"

于是，他们便来到了后面。每次他们来到后面，每次分层摆放的行李都轻蔑而又畏缩地回望着他们。只有别人的东西才看起来如此的冷漠。

他们从很有可能的地方转移到仅仅有可能的地方，人也变得严肃而又忧虑。他们本来希望找到一本日记，找到私人证件。现在他们甚至只要看一眼行李就满足了。

但是任何一个架子上都没有眼熟的行李箱。

格兰特已经很难把走路蹒跚的泰德从随后的停靠港拖走。茫然的他简直难以置信地在摆满行李的架子中转来转去。

"它们肯定在这儿，它们肯定在这儿。"他不断地说着。

但是它们并不在这儿。

在最后一个赌注也泡汤之后，他们困惑不解地来到了街上。泰德说："探长，我说格兰特先生，从旅馆退房后，你还会把行李寄存在什么地方？你们有那种私人租来的储存室吗？"

"只有限时寄存处，对于那些有事要办、只想把行李寄存一两个小时的人。"

"哦，比尔的东西在哪儿？为什么任何一个明显可能的地方都没有？"

"我不知道，可能由他的女朋友保管着。"

"什么女朋友？"

"我也不知道。他这么年轻、英俊，还单身，选择范围会很大。"

"是的，当然。可能就是这样的。你这倒是提醒了我。"他脸上的不满和茫然消失了。他看了一眼表，将近晚餐时间。"我和奶品店的姑娘有个约会。"他看到格兰特的眼睛，微微泛起了红晕，"如果你需要我的帮助，我可以让她等。"

格兰特打发他去见奶品店的姑娘，感觉到些许轻松。他自己决定晚点再吃晚餐，去看望一些他大都会的朋友。

他顺便去了趟阿斯特威克街的警察分局，整个下午和晚上都不断地听见相同的问候："您好，探长，有什么能为您效劳的？"

格兰特请他们告知当前布里特巷是谁的管区。

"好像是警员比塞尔，如果探长想找他，此刻他正在食堂吃香肠和土豆泥，他的编号是三十。"

格兰特在食堂远端的桌子找到了编号三十。一位说着法式英语的人出现在他面前。这个人坐在那里浑然不知，格兰特看着他想到伦敦的警察在这二十五年来变化真大。他知道自己不是典型的警察，事实上在各种场合反而大有用途。警员比塞尔是一个来自唐郡的又黑又瘦的男孩儿，皮肤有点黄，说话慢条斯理。这位兼具法式英语和慢条斯理的警员比塞尔，让格兰特感觉会大有作为。

当格兰特介绍自己时，小伙儿开始站起身来，格兰特坐下说道："有点小事想找你替我办。我想知道谁清洗布里特巷五号的窗户。你可以打听一下——"

"劳埃德先生的地方吗？"那个小伙儿说道，"理查德负责清洗。"

没错，真的，警员比塞尔确实有前途，他一定会留意警员比塞尔的。

"你怎么知道？"

"在我的管区，我和他在各个地方见了面都会打招呼。他把手推车和其他东西放在布里特巷较远的马厩里。"

他谢过了这位刚刚崭露头角的未来警司，去找理查德。理查德好像就以他的手推车为家。这个单身汉是个退伍军人，有双短腿，带着只猫，喜欢收集陶瓷杯，爱玩飞镖。警员比塞尔虽然才从唐郡来不久，但他对于伦敦管区了如指掌。

在布里特巷的街角是理查德玩飞镖的太阳店，格兰特就是要去那儿。这完全是一次非正式的安排，所以需要一个非正式的开始。他不了解太阳店，也不了解它的店主，不过他只要规规矩矩、静静地坐在那儿，不久就会被邀请去玩飞镖，从那开始他就和理查德只差一步了。

结果这一步花了几个小时，不过最终他和理查德在角落里喝着一品脱的酒。他在心里焦灼着是否要出示自己的名片，用官方职权来做一件私事，或者以同是退伍军人的话题来略施小计。

这时，理查德说道："先生，你好像没有随着年纪发福。"

"我在哪里见过你吗？"格兰特问道，有点懊恼自己想不起这张脸。

"坎伯利。时间久得我都记不起了，你不用介意忘了我。"他进一步说道，"因为我怀疑你是否曾见过我。我那时是个厨子。你仍然待在军队里吗？"

"不是，我是个警察。"

"别开玩笑！好吧，好吧，我现在才明白你为什么急着把我拉到角落里。我还以为是我在飞镖上赢了你！"

格兰特笑了起来："是的，你能帮我做点事儿，不过不是公事。明天，你愿意就收点小报酬带一个学徒吗？"

理查德想了一会儿问道："要清洗什么特殊的窗户吗？"

"布里特巷五号。"

理查德逗趣地说道："嗬，我愿意付钱让他去清洗。"

"为什么？"

"那个浑蛋永远不会满意。这没什么阴谋诡计，是吧？"

"没有阴谋，没有诡计。不从屋子里拿任何东西，也不会弄乱。我保证。事实上，如果需要，我可以写合同。"

"先生，我相信你。你的人明天可以免费给他擦窗户。"他举起杯子，"敬老相识。你的学徒明天几点来？"

"十点来？"

"十点半。你的情人早上十一点才出门。"

"太感谢你了。"

"我会把早晨的窗户清洗完，和他在我的地方见面——布里特三号——十点半。"

今晚，不用再试图给泰德·卡伦打电话，所以格兰特在威斯特摩兰留了口信，让他早晨一吃完早饭就来他的公寓。

最后他吃过晚饭便心怀感恩地上床了。

当他睡觉时，脑海里一个声音说道："因为他知道这儿没处可写。"

"什么？"他清醒着说道，"谁知道？"

"劳埃德。他说：'写在什么上面？'"

"是啊。怎么啦？"

"他那样说是因为他被吓到了。"

"听起来，他确实很惊讶。"

"他之所以惊讶是因为他知道这儿没处可写。"

他躺着思考着这事，直到睡着。

13

在格兰特吃完早餐前，梳洗得非常干净整洁的泰德就到了。不过，他的内心忧虑重重，必须劝他摆脱这种悔恨的情绪（"格兰特先生，我总感觉自己抛弃了你。"），不然对谁都没有好处。最后，当他得知今天有了明确的计划时，变得振奋起来。

"你是说，清洗窗户的事儿，你是认真的？我以为可能只是一个——一个比方。你知道，就像'照这样下去，我就要去卖火柴为生了'。我为什么要去清洗劳埃德的窗户？"

"因为这是唯一正当的方式让你踏进那间屋子。我的同事能证明你无权读煤气表，无权查电或电话。但是他们不能否认你是一个窗户清洁工，你今天的老板理查德说，劳埃德每天大概十一点外出，劳埃德走了他就会带你去那儿。当然，他会留下和你一起工作，这样就能介绍说你是他的助手，在学习业务。这样你就能被毫不怀疑地接纳，并单独留下。"

"所以我会单独留下。"

"二楼有一间几乎占据了整个楼层的大屋子，里面有张桌子，上面有一个约会簿。一个很大、很贵、红色皮面的东西。办公桌就是一张桌子——我的意思是它没有锁——就摆在窗户中间。"

"然后呢？"

"我想知道劳埃德三月三日和四日的约会。"

"你认为他可能在那趟火车上，嗯？"

"总之，我想要确定他不在那趟火车。如果我知道他的约会是什么，就能很容易地查出他是否有赴约。"

"好的。这很容易。我期待着去清洗窗户。我常想，当自己太老了无法驾驶飞机时，能做点什么。我也可以了解一下清洗窗户这个生意。更别说去了解这几扇窗户了。"

他愉快地走了，显然忘记了半个小时前，他的心情还跌到了谷底。格兰特在脑海里思考着他和赫伦·劳埃德有没有什么共同认识的熟人。他记起还没打电话给玛塔·哈洛德，告诉她自己已经回城。现在可能有点早，会打扰玛塔睡觉，不过他想试试。

玛塔说道："哦，没有。你没吵醒我。我的早饭吃到了一半，正在看每天的新闻。每天，我都发誓再也不会读日报，但是每天早晨这该死的东西都放在那儿等我来打开它，然后我都会打开它。它让我胃液翻腾，动脉硬化，让我的脸拉长，在五分钟之内爱莎化的值五基尼的妆就毁了，但我还是要每天都服用这剂毒药。你怎么样，亲爱的？好多了吗？"

她听着他的倾诉，没有插话，这种倾听的能力是玛塔其中一个很具魅力的特点。格兰特其他的大多数女性朋友，沉默意味着她们在准备下一段发言，只不过是等待一个合适的时机说出来。

她听了关于克伦的事和他恢复健康后，说道："今晚和我一起吃晚饭，我一个人。"

"下周早点约，好吗？你的戏怎么样？"

"这个，亲爱的，如果罗里偶尔能站在舞台后部，对着我说话而不是朝向观众，就好多了。他说，踩在舞台的脚灯上，让前排观众能数清他的睫毛，可以突出角色的超然性，不过我自己认为这只是他音乐剧经历留下的后遗症。"

他们谈论了一会儿罗里和戏剧，然后格兰特说道："问一下，你认识赫伦·劳埃德吗？"

"那个阿拉伯人？不能说认识不认识。不过我知道他几乎和罗里一样是个自私贪婪的人。"

"怎么说？"

"我的侄子罗里一心想去阿拉伯半岛探险，虽然我是无法理解为什么有人想去阿拉伯半岛探险——尽是沙子和枣子。不管怎样，罗里想和赫伦·劳埃德一起去，不过他好像只和阿拉伯人旅行。罗里是个好孩子，他说那是因为劳埃德维护起别人的利益比当事人更努力。不过我自己认为，他是一个无赖、懒汉、卑鄙的家伙，他和罗里犯了一样的病，都想霸占整个舞台。"

格兰特从赫伦·劳埃德的话题上岔开，问道："罗里现在在做什么？"

"噢，他在阿拉伯半岛。另外一个人带着他，金赛休伊特。像冷落这样的小事可阻挠不了罗里。你周二能行吗？吃晚餐？"

是的，周二吃个饭。周二之前他就要返回去工作了，而比尔·肯里克的事情，那个对阿拉伯半岛满怀激情来到英格兰的人，那个化名查尔斯·马丁丧命于去往高地火车的人，都得抛之脑后。他只有一两天的时间。

格兰特出门去理发，在那种轻松自在、昏昏欲睡的氛围里想着他们还有什么事没有做。泰德·卡伦和他的老板去吃午餐。他对泰德说："理查德不接受任何报酬，所以带他去好好吃顿大餐，我付钱。"

泰德说道："我很乐意，一定会带他去吃饭。但如果让你付钱，我就真该死了。比尔·肯里克是我的兄弟，不是你的。"

所以他坐在理发店温暖而又芳香的气息里，琢磨着他们还能做些什么来找回比尔·肯里克的行李箱。却是回来的泰德提出了建议。

泰德提出为什么不登寻人启事找那个姑娘。

"什么姑娘？"

"那个保管他行李的姑娘。她没有理由害羞——除非她私拿了东西，不想让人知道。不过比尔很会看人的。为什么不用大写'比尔·肯里克'来吸引人的注意，就说：'请认识的朋友联系某个电话号码。'有什么不对吗？"

没有，格兰特想不出什么反对的理由，但他的眼睛落在了泰德从口袋里掏出的那张纸。

"你找到约会簿了吗？"

"哦，是的。我就只是侧了下身子就拿到了。这家伙好像没什么工作。只要不是坐牢，这就是张最枯燥乏味的约会单。从开始到结尾毫无新意。总之对我们没什么用。"

"没用？"

"他好像很忙。我能给报纸写寻人广告了吗？"

"行，写吧。桌上有纸。"

"我们该把它发给哪些报纸？"

"先写六份，稍后我们再填写它们的地址。"

他低头看着泰德像小孩一样抄写着劳埃德约会簿上的记录。三月三日和四日的记录。当他读着这些记录时，他又体会到那种完全荒谬的疑心。他在想什么？他的脑袋仍处于病人过度敏感的意识吗？他怎么会想到赫伦·劳埃德可能是凶手？因为他正是这么想的，不是吗？不知怎的，就感觉劳埃德应该对比尔·肯里克的死负责，至于某种方式他们还猜不到。

他看着这些重要的记录，想到即使证明劳埃德没有赴约，也可能辩解道缺席仅仅是因为最普通的原因：劳埃德身体不适或他改主意了。显然，三日的晚上他要出席一个晚宴。记录上写着"先锋社团，诺曼底，7：15"。第二天早晨9：30，《百代杂志》的电影单元要来布里特巷五号，把他列入了《居家名人》系列报道的某号人物。看起来，相较于一个自称在阿拉伯半岛的沙地里看见遗址的不知名飞行员，赫伦·劳埃德还有更多重要的事情要去思考。

他身体里那个声音说道："但是他说：'写在什么上面？'"

"好，他说：'写在什么上面？'如果一个人因言辞不当就要被怀疑、被审判，那么这个世界可真妙。"

警察局长曾对他说："你拥有从事这份工作最无价的特质——直觉。但是，格兰特别让它驾驭你，别让你的想象掌控一切，要让它为你服务。"

现在，他的直觉就像脱缰的野马，非常危险。他必须拉住自己。

他要返回到看见劳埃德之前，返回到和比尔·肯里克相伴的时候，从肆意的想象返回到事实，确凿的、赤裸的、无情的事实。

格兰特望向泰德，他正鼻子紧挨着纸，随着笔在纸上滑动，就像一只小猎狗嗅着爬过地板的蜘蛛。

"你那奶品店的姑娘怎么样？"

心不在焉的泰德，视线没有离开手头的工作，说道："哦，不错，很好。"

"又和她出去啦？"

"嗯哼。今晚和她见面。"

"想和她固定交往吗？"

"可能。"泰德说道，随后开始意识到格兰特不同寻常的兴趣，便抬起头说，"这是怎么啦？"

"我想要离开你一两天，想知道如果留你一个人，你不会感到无聊吧？"

"哦，哦，不会，我很好。我想，你是该花些时间忙自己的事情。毕竟，不该给你添麻烦，你已经做得够多了。"

"我不是要去休息，我计划飞去看看查尔斯·马丁的家人。"

"家人？"

"他的家庭。他们就住在马赛的郊外。"

有那么一会儿，泰德的脸看起来就像是一个失落的孩子，随后又恢复了生气。

"你想从他们那儿获得什么？"

"我什么也不想。我只想从另一端着手。关于比尔·肯里克，我们毫无进展——除非他那假设中的女朋友能回应那则广告，这至少也需要两天时间——所以我们要从查尔斯·马丁这头试试，看在那儿能查到什么。"

"很好。我和你一起去怎么样？"

"泰德，我想不用，你最好留在这儿，联系前面说的那些报纸，把广告登出去，等回复。"

泰德顺从地说道："你是老板，不过我确实想去看看马赛。"

格兰特打趣地说："和你心里的画面一点都不一样。"

"你怎么知道我想的画面是怎样的？"

"我能猜到。"

"噢，好吧，我想我能坐在凳子上欣赏达芙妮。这附近姑娘的名字可真有意思。这里有点穿堂风，不过对别人的服务会说谢谢的人，真是屈指可数。"

"如果想看恶劣的行径，你在莱斯特广场的人行道上所看见的和坎纳比尔大道上的一样多。"

"可能，不过我喜欢的是那种有些意想不到的东西。"

"难道达芙妮没让你意想不到？"

"没有。达芙妮爱装模作样。我怀疑她还穿着羊毛内衣，太可怕了。"

"在四月莱斯特广场的奶品店，她需要穿件羊毛内衣。这姑娘听起来还不错。"

"噢，她还不错。但是你不要离开太久，不然我意识里那匹强壮的野狼，就会搭上第一班飞机去马赛和你会合。你打算什么时候走？"

"如果我能订到座位，明早就走。坐过去点，让我打个电话。如果搭上早班飞机，再来点好运气，第二天就能回来。不然，最晚要到周五才回来。你和理查德相处得怎么样？"

"哦，我们是哥们儿了。不过我有点幻想破灭。"

"关于什么？"

"从事清洁行业的可能。"

"赚不到钱？"

"相信我，能赚到钱，但其他就不行了。不管你信不信，你从外面的窗户所能看见的一切，就是你自己在玻璃上的影子。你让我写地址的那些报纸叫什么名字？"

格兰特给了他六个发行量最大的报纸名字，然后送他离开，并希望他好好享受时间，直到他们下次见面。

泰德离开的时候又说了一遍："我确实想和你一起去。"格兰特想知道，法国南部作为一个低级的大型娱乐场所，会不会看起来和一株含羞草一样荒谬。它会是什么样子？

"法国！"廷克太太说道，"你才刚刚从国外回来！"

"高地可能是国外，但法国南部只是英格兰的延长。"

"我听说，那可是很昂贵的延长。你打算什么时候回来？我从凯尔那给你买了只美味的鸡。"

"我希望是后天。最晚周五。"

"噢，那就把它放起来。明早要早点来叫你吗？"

"我想，你来之前我就走了。所以明早你可以晚点来。"

"廷克可不会早晨晚点起来，不会的。不过我会逛完街再来。照顾好自己。蜡烛不能两头烧，不要回来的时候比去苏格兰之前还糟糕。我希望一切顺利。"

确实很顺利，第二天早晨，当格兰特从飞机上俯瞰法国地图时想着。在这个晴朗的早晨，从那高度向下望去，法国不再是一个包含陆地、水面和庄稼的东西，而是镶嵌在天青色海水里的一颗小宝石，一件法贝热的作品。难怪飞行员会远离这个世界。这个世界——它的文学，它的音乐，它的哲学或历史——与一个习惯把它看作一件法贝热无聊作品的人有什么关系？

走进这座城市，马赛不再是一件珠宝商的作品。它是嘈杂拥挤的地方，满是出租车急不可耐的喇叭声和不新鲜的咖啡味——法国特有的味道，是一千万个冲泡咖啡的幽灵出没于屋子。但是，阳光灿烂，地中海的微风吹拂着条纹遮阳棚，肆意绽放的大片含羞草显露着昂贵的淡黄色。他想，这幅画如果搭配上伦敦灰暗而又鲜红的画面，会很完美。如果他很富有，会委托世界上最好的一位画家把两幅画用一块画布呈现，明暗对照的伦敦和鲜亮耀眼的马赛。或者找两位不同的画家。一位能表现四月灰蒙蒙的伦敦的画家，不太可能画出春季正午时分马赛的精髓。

当格兰特发现马丁一家已经在一周前搬离郊区、去向不明时，他停止了思考关于画家和马赛是明亮还是愉快的事情。不明去向只是对邻居而言。在当局的帮助下，他发现所谓的不明之地就是土伦，已经浪费了很多宝贵的时间，还要浪费更多时间前往土伦，然后在众多居民中找到马丁的家。

但是最后格兰特找到了他们，听取了他们所讲述的一点点消息。他们带着法国人的敌意说，查尔斯是一个"坏孩子"，因为他背弃了法国所崇拜的最高的神——家庭。他总是很任性、固执还有懒惰（法国圣徒历中的一项罪行）。懒骨头。五年前他捅了一个姑娘后离开了这里——不，不是，他只是扎了她——后来再也没有给他们写信。这些年他们都没有得到任何他的消息，除了三年前有一个朋友在塞得港偶然遇见了他。那个朋友说，他在路边做二手车生意，购买破车，简单修理一下再卖出去。他是一个很棒的机修师，如果不是因为懒惰，能成为一个非常成功的人士，开一家自己的汽车修理厂，雇些人为他工作。懒骨头。懒惰是很难克服的。懒惰就是一种病。他们再也没有听说过他的消息，直到被要求去指认他的尸体。

格兰特询问他们是否有查尔斯的照片。

是的，他们有几张，不过当然是查尔斯很年轻时候的照片。

他们给格兰特看了他的照片。他这才看出，为什么死了的比尔·肯里克和家人记忆里的查尔斯·马丁相差不大。一个消瘦黝黑的男人，带着标志性的眉毛，凹陷的脸颊，又直又黑的头发，当没有明显的体貌特征时，看起来很像其他相仿的年轻人。他们甚至不需要有相同的眼睛颜色。父母收到消息说：您儿子死于一次令人惋惜的意外事故，请前来认领儿子的尸体并安排葬礼。失去儿子的父母拿到了死去儿子的证件和物品，然后被要求指认物主是不是他的儿子。在这种条件下他的意识将没有任何怀疑，他接受了他所看见的，他所看见的正是他预期将要看见的。他不会说，这个男人的眼睛是蓝色还是棕色。

当然，结果是格兰特被问了问题。他为什么对查尔斯感兴趣？是查尔斯留下了些钱吗？或许，格兰特在寻找合法的继承人？

不是，格兰特代表一个朋友来拜访查尔斯，他们是在波斯湾认识的。不，他不知道那个朋友找他做什么。据他所知，是关于未来合作的一些建议。

马丁的家人表达了这位朋友很幸运的想法。

他们请他品尝了阿马尼亚克酒、咖啡和撒了糖霜的小饼干，并邀请他来土伦时再次光临。

在门口，他询问起他们是否有他们儿子的证件。他们说只有一些私人物品：他的信件。官方文件他们没去想，也没理会。无疑仍然在马赛警察那里，意外发生的时候马赛警察首先联系的他们。

格兰特又花了些时间和马赛官方交朋友，但这次格兰特没有费心使用非官方的办法。他出示了证件，请求借用文件，喝了杯糖浆，签了个收据。然后他在周五下午搭班机飞回了伦敦。

他还有两天。或者，准确说来是一天加一个周日。

返程的时候，法国仍旧是一件珠宝作品，但是英国看起来完全消失了。除了西欧沿岸那熟悉的轮廓，什么也看不见，只有一片雾海。缺失了这片非常独特的岛屿那熟悉的形状，这幅图看起来很怪异，不完整。设想一下，如果这片岛屿从未存在过，世界历史将会如何不同？一个让人着迷的揣测。设想一下，一个全是西班牙人的美洲。一个法属印度，印度没有种族隔离，民族自由通婚而失去了特定身份。由一个狂热教派统治的荷属南非。澳大利亚呢？澳大利亚会被谁发现，成为谁的殖民地？来自南非的荷兰人或者来自美洲的西班牙人？他想，这都无关紧要，因为仅仅经过一代人之后，他们都会变成高大、瘦削、强壮、带着鼻音、说话慢吞吞、疑心重、顽固不化的人。就像所有的美国人最后都看起来像印第安人，虽然他们踏入这个国家时是大骨骼的撒克逊人。

飞机落入云海之中，英国再次出现了。一个很俗气、泥泞而又平淡无奇的地方，改变了世界的历史。连绵不断的毛毛细雨将大地和人都淋得透湿。伦敦就是一幅灰色影像的水彩画，上面点缀着朱红色的油彩，就是那穿行在薄雾中的公共汽车。

虽然还是白天，但是指纹部灯火通明，卡特赖特还像上次一样坐着——就像往常见到的一样——肘边有半杯冷茶，茶碟里满是烟蒂。

卡特赖特说："在这宜人春天的下午，我能为你做些什么？"

"是的。有一件事我很想知道。你把那剩下的半杯茶喝过吗？"

卡特赖特琢磨了一下："想到这事，我都不知道自己喝过没有。贝利尔总会把我的茶杯拿走，然后倒上新茶。有什么要做的吗？还是只是顺道来看看？"

"是的。还有其他事。不过你可以周一替我做，不用大发慈悲。"他把查尔斯·马丁的证件放在桌上，"什么时候能为我处理这些？"

"这是什么？法国人的身份证件。你在做什么——还是你要保守秘密？"

"我只是把最后的赌注压在一匹叫作直觉的马上。如果成功了，我就告诉你这事。明天早晨我来取指纹。"

格兰特看了下表，如果今晚泰德要去和达芙妮或其他女性约会，这时他应该正在酒店房间里打扮自己。格兰特离开了卡特赖特，走到他听不见的地方打电话。

当泰德听见格兰特的声音，说道："哎——呀！你从哪儿打电话？回来了吗？"

"是的，我回来了。我在英国。注意，泰德，你说你从不认识一个叫查尔斯·马丁的人。但是有没有可能你认识他，不过他是用另外一个名字？你曾认识过一个非常棒的机修师吗？他很善于修汽车，是一个法国人，长得有点像比尔。"

泰德仔细考虑了一下。

"我想我从不认识一个法国的机修师。我认识一个瑞典的机修师和一个希腊的机修师，但他们长得完全不像比尔。怎么啦？"

"因为马丁在中东工作。可能在比尔来英国之前就已经取得了这些证件。马丁可能把它们卖给了比尔。他可能还活着，这是个懒汉，或许在此期间遇到了手头拮据。在中东，没人在意证件，他可能用它们来换取现金。"

"是的，可能。在那儿，别人的证件往往比自己的还值钱。我的意思是，在那片地区。但是比尔为什么要证件？比尔从不做见不得人的事。"

"或许因为他看起来有点像马丁，我不知道。总之，你自己从没在中东遇见过任何一个长的像马丁的人。"

"我能记得的是在任何地方都没有见过。你有什么收获？马丁家人那里，有什么有价值的收获吗？"

"恐怕没有。他们给我看了照片，可以清楚地看见如果他死了，和比尔很像。还有一些就是我们都知道的事情。当然还有就是他曾去东方工作过。寻人启事有答复吗？"

"五个。"

"五个？"

"全来自叫比尔·肯里克的家伙。"

"噢，询问他们能获得什么？"

"你说对了。"

"就没有一个认识他的人？"

"一个都没有。好像查尔斯·马丁那边也毫无收获。我们的船沉了，是吗？"'

"这个——应该说船进水了。我们还有一个优势。"

"有吗？是什么？"

"时间。我们还有四十八个多小时。"

"格兰特先生，你是个乐天派。"

"做我这行的，就得乐观。"格拉特说是这样说，但他并不感觉很乐观。他感到累了乏了，几乎希望从未听过比尔·肯里克，希望在斯库尼晚十秒经过走廊。再多十秒酸奶就会意识到那个男人死了，然后关上门去寻求帮助，而他，格兰特会走过那空荡荡的走廊，踏上站台，不知道这个名叫比尔·肯里克的年轻人曾存在过。他永远也不会知道有人死在了那趟火车上。他会随汤米驾车离开，驶向丘陵，没有关于歌唱的沙的词语来打扰他的假期。他会在平静中钓鱼，在平静的假期中钓鱼。

或者——太过平静了？有太多的时间来想自己，想他非理性的束缚。太多时间来给自己的精神和灵魂把脉。

不，他当然不后悔听过比尔·肯里克。只要他活着，比尔·肯里克就是他的债主，他会用余生去查比尔·肯里克是怎么化名为查尔斯·马丁。但要是能在星期一他忙得不可开交之前，把这件事解决了就好了。

他问泰德，达芙妮怎么样。泰德说，作为一个女性伴侣，她比此前所认识的人都要好的优点是：她很容易满足。如果你送她一束紫罗兰，她和很多收到兰花的女孩儿一样高兴。泰德的观点是她从未听过兰花，而他个人也不打算让她关注这种花。

"她听起来是个家庭主妇型。你要小心，泰德，她可能会和你回中东。"

泰德说："只要我还清醒，就不会有女人和我回东方。我不要任何女人闯进屋子，弄乱我们的小屋。我的意思是，我的面包，我的意思——"他的声音消失了。

谈话突然中断了，格兰特答应一旦有了消息或想法就打电话给他，随后就挂了电话。

他走入薄雾中，买了一份晚报，然后搭了辆出租车回家。这是份《信号报》，看了眼熟悉的标题又把他带回到四周之前斯库尼的那顿早餐。他再一次想到这些标题还真是如出一辙。内阁争论，梅达谷里金发碧眼的死尸，关税诉讼，抢劫案，美国演员的到来，道路事故。甚至连"飞机在阿尔卑斯山坠毁"都没有变化。

"昨晚，在霞慕尼最高的山谷里，居民们看见勃朗峰的雪山顶突然冒出一束火焰。"

《信号报》的风格一如既往。

在坦比路十九号，唯一等候他的是一封来自帕特的信，写道：

亲爱的艾伦，他们说你必须回去工作，但我想那是胡说。这是我给你做的假蝇。你走的时候还没来得及做好。它可能在英国河流里也钓不到什么鱼，不过有总比没有好。爱你的侄子，帕特。

这个作品让格兰特非常开心，当他吃晚餐的时候，他一会儿想想首都和边缘地区的经济，一会儿想想寄来的鱼饵。这只假蝇在创意上甚至超过了在克伦时借给他的那个出色的东西。他决定有一天用它去塞纳河钓鱼，到时这个红色橡胶的热水瓶要是钓到了鱼，他就能诚实地写信给帕特，报告说兰金家的假蝇钓到了大家伙。

信里所写的"那些英国河流"是典型的苏格兰式的孤立狭隘，这让格兰特希望劳拉能早日送帕特去英国学校。苏格兰的品质是高度浓缩的精华，应该被稀释。作为一个构成要素是值得称颂的，但太纯，就像氨气一样让人憎恶。

他把假蝇粘在桌子的日历上，这样他就会因它的宽容而感到开心，被小侄子的挚爱而温暖，心怀感激地穿上睡裤睡衣。虽然他本可以留在乡间，不过至少在这城里还有一个安慰：他能穿着睡衣，把脚放在壁炉上，确信没有来自怀特霍尔 1212 的电话打扰他的休息。

但是他抬起的脚还没放到二十分钟，怀特霍尔 1212 号就打电话过来了。

是卡特赖特。

他说："我记得你说过你把赌注下在了直觉上？"

"是的。怎么啦？"

卡特赖特说："我不知道是什么事，不过我知道你的马赢了。"他像广播阿姨很温柔亲切地加了句"晚安，先生。"然后就挂了电话。

格兰特摇晃着电话说道："喂！喂！"

但是卡特赖特已经挂了电话。今晚休想再把他喊回电话。这个友善的捉弄是卡特赖特的报复，是他免费做了两份工作的报酬。

格兰特又回到他的蓝杨小说，但是再也无法把注意力放在严厉守法的角色——亨利·G. 布莱克法官。讨厌的卡特赖特和他的小玩笑。明天早晨他的第一件事就是去苏格兰场。

但是早晨他完全忘了卡特赖特。

早晨八点，卡特赖特被彻底淹没在了一天接一天浩如烟海的琐事中，在挤满的浮游生物中变得毫不起眼。

这个早晨像往常一样，伴随着瓷器的声响和廷克太太放下早茶时的说话声开始。这是四分钟美好时光的开端，他会继续躺着睡觉，任由茶凉了，廷克太太的声音穿过长长的通道，通往生活和晨光，却无须回应。

"听听。"廷克太太的声音说道，显然是指持续不断的雨水敲击声，"倾盆大雨，瓢泼大雨，水库满了，尼加拉瓜河流淌起来了。他们好像发现了香格里拉。今早我自己也能做点香格里拉。"

这个词在他的睡意里来回翻滚，就像是平静水流里的一根水草。香格里拉。很困，很困。香格里拉。电影里的某个地方。小说里的某个地方。某个未被破坏的伊甸园。远离尘世。

"按早报上说的，那里从没有下过雨。"

"哪里？"他说道，显然他已经醒了。

"好像是阿拉伯半岛。"

他听见门关了，又往被窝里缩了缩，享受那四分钟。阿拉伯半岛。阿拉伯半岛。又一个催眠剂。他们在阿拉伯半岛发现了香格里拉。他们——

阿拉伯半岛！

他掀开毛毯爬出被窝，取了份报纸。这里有两份报，不过首先拿到的是《号角报》，因为阅读《号角报》的大标题是廷克太太每天要做的一件事。

不用找，就在首页。这个新闻是任何一份报纸最好的首页事件。

香格里拉真的存在。轰动的发现。阿拉伯半岛历史性的发现。

他浏览了这篇透着歇斯底里兴奋的报道，然后急不可耐地丢掉这份报纸，去看更可靠的《晨报》。但是《晨报》几乎和《号角报》一样兴奋不已。《晨报》写道《金赛休伊特的伟大发现——来自阿拉伯半岛的惊人消息》。

《晨报》写道："我们很自豪地刊登保罗·金赛休伊特的急件。读者将会看见金赛休伊特先生的发现已被证实。在他抵达马卡拉汉后，就有三架英国皇家空军飞机前去确定了地点。对于金赛休伊特现在的旅行，《晨报》已与他签约进行系列报道，当这次旅行结束后，会因这次意外的幸运而欣喜至极。"

他跳过《晨报》自己的欢呼，继续看成功的探险者自己较为清醒的报道。

"我们来鲁卜哈利沙漠进行科学任务……没人想过这段人类历史是事实还是传说……一个被广为探索的地区……没人想要去攀登的荒山……这口井和下一口井之间浪费的时间……在一片水就是生命的土地上，没人会攀登的险峻高山……注意到它是由于一架飞机五天之内来过两次，并在山上做着低空盘旋……我们想是有飞机在这里撞毁……可能需要救援……会议……罗里·哈洛德和我继续搜寻，而达乌德则回到塞卢巴的那口井，带回大量的水和我们会合……没有明显的入口……城墙就像布雷里克岛上的加尔布赫库尔……放弃……罗里……甚至是一只山羊就能挡住道路……两个小时到达山脊……美得让人震惊的峡谷……让人惊叹的绿……一种柽柳树……建筑让人想到了希腊而不是阿拉伯半岛……柱廊……浅肤色的波斯人有着迷人的眼睛……排外的种族有着优雅的小骨骼……很友好……看见像鸟一样的飞机出现非常的激动……铺着石板的广场和街道……奇怪的大都市……与世隔绝不是因为山路崎岖难走而是由于缺少动物来运送水……沙漠里没有动物寸步难行……沙漠之海里的一个小地方……传说中的灾难，由于语言不通的猜测，根据象形来翻译……带状的种植……石猴之神……乌巴城……火山爆发……乌巴城……乌巴城……"

《晨报》插入了一幅阿拉伯半岛清晰的轮廓图，在恰当的位置标有叉号。

格兰特躺着，盯着这幅图看。

所以这就是比尔·肯里克所看见的。

他从风暴的中心出来，从飞舞的狂沙和黑暗中出来，俯瞰到了岩石中卧着的绿色文明的峡谷。难怪他回来后看起来就像"脑震荡"，好像意识"没回过来"。他都不相信自己。他得返回再去寻找，最终看见了这个地图上没有的地方。这是——这是——他的天堂。

这就是他在晚报空白处所写的东西。

这就是他来英格兰的原因——

找赫伦·劳埃德——

找赫伦·劳埃德！

他扔掉报纸，从床上跳起来。

"廷克！"当他开洗澡水时喊道，"廷克，别管早餐。给我来杯咖啡。"

"不过像这样的早晨，你不能只喝一杯咖啡就出门——"

"别吵！来杯咖啡！"

洗澡水咆哮着流入澡盆。这个骗子。这个该死的、狡猾的、狠心的、贪婪的、设下圈套的骗子。这个虚荣的、恶毒的、杀人犯、骗子。他是怎么做到的？

上帝做证，他会看着他为此而被绞死。

他体内那个声音怀着险恶的礼貌说道："证据是什么？"

"你闭嘴！就算要发现整个新大陆，我也要找到证据！可怜的小伙儿！可怜的小伙儿！"他为这悲惨的命运摇着头说道，"如果不能用其他方法处死他，我会亲手吊死他！"

"冷静，冷静。这样会没有心情去拜访一个嫌疑犯。"

"我不是去拜访一个嫌疑犯，你这该死的警察想法。我是去告诉赫伦·劳埃德我对他的看法。不亲手惩罚他，我誓不为警察。"

"你不能打一个六十岁的人。"

"我不是打他一顿，我要把他打到半死。这件事根本就无关打或不打的伦理道德。"

"他可能是该被绞死，但不值得你为此被勒令辞职。"

"'我认为他令人愉快。'他曾经说过。这个浑蛋，这个外表虚荣、杀人的浑蛋。"

他从自己的经历中搜寻需要的词汇。但是他的愤怒还是像熔炉一样燃烧。

格兰特吃了两口烤面包，狼吞虎咽地喝了三口咖啡就冲出了家门，然后快速绕到车库。现在坐出租车还太早，最快的方式就是用自己的车。

劳埃德也读了这份报纸吗？

如果劳埃德通常在十一点之后才离开家，那么肯定不会在九点前吃饭。他很可能在劳埃德打开早报之前就来到布里特巷五号。看着劳埃德读到这则新闻，甜美，安慰的甜美，满意的甜美。劳埃德一直保守着杀人的秘密，要把荣耀归为自己，现在这个秘密成了头条新闻，而荣耀归为他的对手。哦，仁慈的耶稣，让劳埃德还没有读到这则新闻。

在布里特巷五号，他按了两次门铃才有人应门，应门的不是和蔼可亲的穆罕默德，而是一位穿着毛毡拖鞋的胖女人。

他问道："劳埃德先生在吗？"

"噢，劳埃德先生去了坎伯兰郡有一两天了。"

"坎伯兰郡！他什么时候去的坎伯兰郡？"

"星期四下午。"

"什么时候回来？"

"哦，他们才刚走一两天。"

"他们？还有穆罕默德？"

"穆罕默德当然也去了。劳埃德先生去哪儿都有穆罕默德陪着。"

"我知道了。能给我他的地址吗？"

"要是我有就给你。但是他们只去一两天，没有留地址。你要留个口信吗？或者改天再来？他们今天下午不太可能回来。"

不用，他没有留口信。他还会再来。他的名字根本不重要。

他感觉自己就像突然刹车，然后撞上的是空气。当他回到车里，想起如果泰德·卡伦还没有读到这个故事，不久就会看到。格兰特回到公寓，看见在会客厅休息的廷克太太。

"谢天谢地你回来了。那个美国男孩儿打电话来说了些可怕的东西。我听不懂也跟不上他在说什么。他很疯狂。我说格兰特先生回来就给你打电话，我说他一回来就给你打电话，但是他根本停不下来。刚放下电话就又打过来了。我就在水槽和电话之间来来回回地跑，像个——"电话铃响了，"你看！又来了！"

格兰特拿起听筒。确实是泰德，完全就像廷克太太所说。他愤怒得语无伦次。

他不断地说着："他说谎！那个家伙说谎。比尔告诉了他所有的事情！"

"是的，他当然在说谎。听着泰德……听着……不，你不能去把他打成肉酱……是的，你当然可以找到他的房子，我毫不怀疑，但是……听着，泰德！……我去过他家……哦，是的，即使早晨这个时间，我比你还早看到这个新闻……不，我没有打他。我不能……不，不是因为我吹牛，而是因为他在坎伯兰郡……是的，自从星期四……我不知道。我得在午餐之前想一下。你相信我在一般事情上的判断力吗？……好吧，这件事你得相信我。我需要时间考虑……当然，想一些证据……这是惯例……我当然会把这事告诉苏格兰场，他们会相信我。我的意思是，关于比尔去造访劳埃德，劳埃德向我撒谎的事。但是要证明查尔斯·马丁是比尔·肯里克就是件难事。午饭前我会给苏格兰场写份报告。大概在十点出来我们一起吃午饭。下午我会把整件事移交给当局。"

他讨厌这个想法。这是他自己的私人斗争。从一开始这就是他自己的私人斗争。从他透过开着的卧铺门，看见那个素不相识的男孩儿死去的脸庞。自从他见过劳埃德后，他就做过上千次的私人斗争。

当他开始写报告时，想起了他还有一份文件留在卡特赖特那里没有取。他拿起电话，拨通了号码，转到卡特赖特的分机，询问卡特赖特能否找人把文件送过来？他，格兰特忙得不可开交。现在是星期六，他要在周一回去工作前把事情办完。他对此非常感激。

格兰特继续全神贯注地写报告，恍惚中觉得廷克太太曾送信进来，在中午的时候。当他抬起头想在脑海里搜寻一个词语时，眼睛落在了她放在桌上的文件。这是一个牛皮信封，很硬很贵，装得鼓鼓囊囊，字体又瘦又硬，而且写得很挤，感觉是个吹毛求疵、派头十足的人。

格兰特从未见过赫伦·劳埃德的笔迹，但他立刻就认出来了。

他把笔放下，如此小心谨慎，好像这封陌生的来信是一个炸弹，任何过度的震动都会引爆它。

他把手掌在裤腿上摩擦摩擦，这是他儿时的动作，是小男孩儿面对不可预料的事所做出的动作，然后伸手拿起了信封。

信是在伦敦寄的。

14

这封信的日期是星期四早晨。

亲爱的格兰特先生:

或者我该叫探长? 噢,是的,我知道,没花多长时间我就查出来了。我那优秀的穆罕默德,是一个比维多利亚地区那些善心的外行们更出色的侦探。不过我就不提你的级别了,因为这是一封社交信函。我写信给你,是作为一个卓尔不凡的人写给另一个值得他注意的人。实际上是因为,你是唯一一位曾让我涌起过片刻钦佩感的英国人,所以我把这些实情向你,而不是向报纸和盘托出。

当然,因为我确信你也对此感兴趣。

今天早晨,我收到一封来自我的追随者保罗·金赛休伊特的来信,通知我他在阿拉伯半岛的发现。信是应他的要求,从《晨报》

寄出的，预计明天早晨发布这则消息。这份谦恭让我很感谢他。真是讽刺，应该是那位了解山谷存在的年轻人肯里克启发了他。当肯里克在伦敦时，我见了他很多次，在他身上我没有发现任何值得享有如此伟大命运的特质。他就是一个非常平庸的年轻人，愚蠢地驾驶着一个呆板的新发明，穿越沙漠来打发日子，而这里只有兼具耐力和决心的人才能征服。他有一个完整的计划，通过我来提供运输，他带我去找那个他的发现。不过那当然很荒谬。我的生活和我在沙漠上享有的名望，不是靠一个来自朴次茅斯小街中的仪表板看守人带我发现的，不是提供交通，雇用骆驼，给其他人提供方便的。这样一个年轻人因为气候灾难和地理意外，偶然撞见了世界上最伟大的发现，并将因此获益，而这些让别人不惜牺牲生命去探险。这让我无法想象。

就我的判断而言，这个年轻人唯一的美德就是有自制力（你为什么要把你的兴趣浪费在一个如此无趣的人身上）。当然，别误解，这种自制力是指在说话方面。从我的观点看，让他这个具有自制力的人继续严把口风非常重要。

因为他准备四日在巴黎见另一个同事（可怜而又美丽的鲁特西亚，被野蛮人永远地破坏了），所以我只有不到两周的时间来谋划这事。事实上，我不需要两周。如果需要，两天我就能达到目的。

我曾乘坐夜车前往苏格兰旅行。夜里我醒着写了些信件，当火车抵达第一个停靠点克鲁郡时，我把它们寄了出去。我寄完信，站在站台上张望，我想离开火车却无人察觉是多么容易。乘务员下车迎接晚到的旅客，然后就去忙自己的事情。当行李被装上远处的行李车厢时，火车会在这个空无一人的站台上等待很长时间。如果有人想无人知晓地旅行到此，他就可以下火车，却没人知道他曾上过车。

这段记忆是我灵感的两个支柱之一。

第二就是我拥有查尔斯·马丁的证件。

查尔斯·马丁是我的机修师，是我曾雇用过的唯一一个欧洲人和唯一一个技师。在我最不成功的一次探险中，一次半机械化的探险中，我雇用了他，因为我的阿拉伯人没人熟悉机械（虽然学起来很快，唉！）。他是个令人讨厌的人，除了内燃机什么都不感兴趣，还逃避他的那份营地责任。当他在沙漠中死去时，我一点也不难过。那时我们已经发现，车辆是个累赘而不是帮手，决定丢弃它们，所以马丁已经失去了作用（不，他的死和我一点关系也没有，在这件事上，是上帝自己在清理垃圾）。没人索要他的证件，因为是从一个海岸到另一个海岸的旅行，所以我们不会再回到雇用他的那座城市。他的证件就放在我的行李中，我和其他人都不感兴趣，随后和我一起返回了英格兰。

当我需要让肯里克这个年轻人缄默的时候，我想起了它们。肯里克看起来和查尔斯·马丁挺像。

肯里克计划返回东方工作，等我来找他会合，然后我们再一起出发去探险。他常常来布里特巷看我，讨论路线，对他未来的成功沾沾自喜。当我看见他坐在那儿，喋喋不休地说着废话，我感到很可笑，因为我已经准备用一种意想不到的方式送他升天。

肯里克准备搭三号的夜间渡轮去巴黎。他好像很喜欢坐渡轮，会特意走很多英里的路去搭方头浅平底船过河，而实际上距离他所在的地方几码远就有一座桥可以通过。我想，多佛渡轮他坐了有两百次。当他告诉我已经订了一张火车渡轮的卧铺时，他一走我就打电话，以查尔斯·马丁的名字订了同一天晚上去斯库尼的卧铺。

当我下次见到他的时候，我就建议，因为同一天晚上我要去苏格兰而他要离开去巴黎，他可以把行李（他只有两个行李箱）放在维多利亚站的寄存处，提前和我在布里特巷吃个饭，然后在尤斯顿站给我送行。

他总是很高兴地赞成我的任何提议，而这次，我知道他也会同意。我们一起吃晚饭，有饭、肉饼和杏子菜（需要很长时间烹煮，才能让杏子入味），这道菜是穆罕默德教卢卡斯太太做的。然后穆罕默德开车送我们去尤斯顿站。在尤斯顿站，我派肯里克去取我的卧铺票，而我继续往前走。等到肯里克来找我时，我已经找到了卧铺房间，并在站台上等他过来。如果他偶然问我为什么用查尔斯·马丁的名字旅行，我就托词说因为我的知名度，所以才要隐姓埋名。但是他对此毫无疑问。

当看到乘务员是老酸奶时，我感到上帝也站在我这边。你不了解老酸奶，在他整个生涯中，就没对任何乘客感兴趣过。他当班的主要目标就是尽早回到自己那间难闻的小房间睡觉。

还有不到五分钟列车就要出发了，我们站在那儿聊天，门半掩着，肯里克面对着走廊。不一会儿，他说他最好下车，不然就要被载到高地去了。我指着在他旁边卧铺上的小旅行包说："如果你打开包，就能找到我给你准备的东西。请收好这个纪念品直到我们再次见面。"

他简直是怀着孩童般的渴望，弯下腰打开了两个锁。这个位置很完美。我从口袋里拿出最称心如意的武器，它是人们为了杀死偷袭的敌人而发明的。沙漠之国的原始人，没有刀没有枪，但是制作了沙球。一块碎布和一小把沙子，就能让颅骨像鸡蛋壳一样破裂，而且很干净，没有血或挣扎。他发出了一阵小声的嘟囔，向前倒在了旅行包上。我锁上门，看他的鼻子是否流血，没有。我把他拖下床，捆起来塞到床下。这是我唯一的失误。床下有一半的空间都被一些从未移动的东西占据，而他身材瘦长，膝盖怎么也推不进去。我脱掉外套，把它扔在床上，用以盖住他的腿。我这样安排，不但能遮住腿，而且看起来很随意。汽笛响了，我把去斯库尼的车票露出一半和我的卧铺票，一起放在了酸奶可以看见的镜子下的小架子上，然后我就去了走廊里的卫生间。在送别的时候，没人会对其他事情感兴趣。我把自己关在卫生间里等待着。

大约二十分钟后，我听见连续的关门声，那意味着酸奶在巡视。当我听见他在旁边那个卧铺房间时，我就开始大声地洗手。不一会儿，他便敲门问我是不是B7的乘客。我说是的。他通知说已经找到了我的车票并取走了。我听见他走进旁边的车厢，还有关门的声音，我便返回B7锁上了门。

那之后，我有完全不被打扰的三个小时来把一切布置得无懈可击。

亲爱的格兰特先生，如果你曾想找个肯定不被打扰的地方，给自己买一张去苏格兰北部的卧铺票。在这个世界上，没有哪个地方像乘务员巡视后的卧铺房间那样安全不被打扰，甚至连沙漠也比不上。

我把肯里克从卧铺下拉出来，将他的头在洗手盆的边缘摩擦，然后把他放在床铺上。我检查了他的衣服，让我很满意都是来自世界各地。他的内衣好像是印度洗的，他的西装是在香港做的，他的鞋来自卡拉奇。他的表是便宜的金属表，没有姓名没有缩写。

我把他口袋里的东西拿走，放入查尔斯·马丁的书和东西。

他还活着，不过当我们驶过拉格比几码远后，他就停止了呼吸。

从那时起，我就开始布置现场，就像戏剧里说的。我想我没有任何遗漏，是吗，格兰特先生？细节处理得很完美，甚至是洗手盆里的碎发和他弄脏的手掌。在我留下来的旅行包中，装了几件我自己的旧衣服，很破旧，洗了很多次，是他会穿的那种款式，那些法语物品是我自己的东西：一本小说和一本《新约全书》。当然，还有最重要的东西，酒瓶。

肯里克的脑袋非常硬实。当然，我是指喝酒，怎么喝都不醉，不是指沙袋袭击的结果。晚餐时，我就让他喝威士忌，还给他一杯辞别酒，量大到谁看了都会退缩。他看见半杯纯威士忌也有点疑虑，不过，就像我说的，他总是急于取悦我，所以没有推脱就喝了。他仍然很清醒，或者说至少表面看起来是清醒的。但是，当他死的时候，血液和胃里都充满了威士忌。

我布置完他的卧铺房间后，那里也充满了酒气。当克鲁郡的灯光出现时，我进行了最后一步。我把只剩一半酒的酒瓶放在地上，让它在地毯上来回滚动。火车慢下来时，我就打开门，随后关上门走了。我一直走到离B7有几个车厢远的地方，才停下来若无其事地看着站台上的来来往往。我随意地下了火车，走上站台，慢慢地溜达。我戴着帽子，穿着大衣，所以不像乘客，没人注意到我。

我搭午夜的火车返回了伦敦，凌晨三点半抵达尤斯顿站。我兴奋地一路走回了家，就像是行走在空中。我进了屋，踏踏实实地睡到了七点半穆罕默德进来叫我的时候。他提醒我，在九点半有个约会，要招待百代电影公司的代表。

直到你来拜访我，我才知道，在他的大衣口袋里有一份写着潦草字迹的报纸。我承认，自己有一瞬间感到很惊慌，因为我本该把所有东西都检查一遍，但是很快我就释怀了，那是可以被原谅的疏忽。无论如何，那都无法危及我无与伦比的成就。我让他留着那件破衣服，也是有意布置的。就算那证明是肯里克的笔迹，也不会引起当局的兴趣，因为那个年轻人已经被认定是查尔斯·马丁。

接下来的那个晚上，在交通高峰的时候，我开车去维多利亚站，从寄存处取回了肯里克的两个行李箱。我把它们带回家，拆掉了所有商标，拿走了容易看出身份的东西，就将它们缝进了大帆布袋，随后寄给了近东的难民机构。亲爱的格兰特先生，如果你有任何想要毁灭的东西，不要烧掉它，寄到南部海域一座遥远的岛上。

看到令人钦佩的肯里克将永远保持沉默，我就期待着享受我的劳动成果。事实上，昨天我才为新一轮探险找到充足的赞助，计划下周出发。当然，今天早晨金赛休伊特的来信改变了这一切。我成就的果实被人拿走了，但是没有人能从我这儿把成就本身夺走。如果我不能因乌巴城的发现者而被人铭记，那我要作为一桩完美谋杀案的设计者而威名远播。

我不能成为金赛休伊特胜利的烛台。我太老了，不能再取得更多自己的胜利。但是我能点燃火焰，让金赛休伊特的蜡烛变得渺小、苍白、无趣。我火葬的柴堆会像灯塔照亮整个欧洲，我在谋杀案中的成就会掀起轩然大波，将金赛休伊特和乌巴城冲进世界新闻的废纸篓里。

今天晚上，在暮色中，我将在欧洲最高的山顶点燃我的柴堆。穆罕默德不知道这些。他以为我们是飞往雅典。但是他跟随我多年，没有了我会不快乐。所以我将带他和我一起火葬。

再见，我亲爱的格兰特先生。你这么聪明的人却要把才华浪费在苏格兰场这么愚蠢的机构中，真让我悲痛。聪明的你发现了查尔斯·马丁并不是查尔斯·马丁，而是某个叫肯里克的人，我向你致敬。你还没聪明到发现他不是死于意外。不会有人聪明地发现我就是杀死他的那个人。

请把这封信当作我对你的尊敬和告别。卢卡斯太太会在星期五的早晨寄出这封信。

H.C. 赫伦·劳埃德

格兰特这才意识到廷克太太把泰德·卡伦带进了屋里，而且，她肯定已经进来过一次，只是他没有注意到，因为一封从苏格兰场送来的信放在旁边的桌子上。

"怎么样？"他的脸上仍然留有震怒，"我们下面怎么做？"

格兰特把劳埃德的几页信推给他读。

"这是什么？"

"读一读。"

泰德疑惑地拿起信，看了一下签名，然后就低头看起手稿。格兰特拿过卡特赖特送来的信，然后打开它。

当泰德看完信后，他一脸震惊地盯着格兰特。最后他说道："这一切让我感觉很肮脏。"

"是的，一件罪恶的事。"

"虚荣心。"

"没错。"

"这就是昨天晚报上所说的坠机事件，在勃朗峰起火的飞机。"

"是的。"

"所以他彻底逃脱了法律的制裁。"

"不。"

"他考虑得面面俱到，不是吗？"

"他们还有疏漏。"

"他们？"

"凶手们。劳埃德很明显忘记了指纹这个东西。"

"你的意思是他作案的时候没戴手套？我不信。"

"他当然戴着手套。在那个卧铺房间里，他所触摸的地方都没有留下任何指印。他所忘记的是在卧铺房间里还有他以前曾接触过的东西。"

"是什么？"

"查尔斯·马丁的证件。"格兰特用指尖弹了一下桌上的东西。"它们留有劳埃德的指印。他绝不会考虑得面面俱到。"

Singing

The

Sands

15

　　星期一的早晨，威廉姆斯警长用力握着格兰特的手，很满意地说道："你看起来就像一个新郎官。"

　　"那么，我想我最好躲开，不然会有米扔向我。今早，老头的风湿病怎么样？"

　　"哦，我想还行。"

　　"他在抽什么？烟斗还是香烟？"

　　"噢，烟斗。"

　　"那我最好在他心情好的时候进去。"

　　在走廊里他遇见了特德·汉纳。

　　当汉纳向他问候的时候，问道："你是怎么遇见阿奇·布朗的？"

　　"在我住的那个地方，他在一家旅馆里写一部盖尔人的史诗。顺便说一下，他的'渡鸦'就是外国的渔船。"

"是吗？"汉纳的兴趣来越大，"你怎么知道的？"

"他们在一起聚会，就是那种交换香烟的老路数。"

"确定它不是香烟？"

"很确定。在跳大连环舞的时候，我从他的口袋里取了出来，又在下一轮舞中放了进去。"

"别告诉我，你跳了乡村舞！"

"你也对我做的事感到惊讶，连我自己都有点惊讶。"

"'面包'像什么样？"

"一大袋你曾见过的最漂亮'大块劣质'的东西。"

"是吗？"汉纳若有所思地说道，随后脸上露出了笑意，然后就咯咯笑了起来，"某人吃掉了很多这种必需品。"

"是的。就像披着狼皮的羊，吃了很危险。你真该看看那外表！"格兰特说着便朝局长的门走去。

汉纳说道："你的假期看起来过得不错，我从没见你开心成这样。你确实，呵呵呵。"

"就像遥远的北方人所说，我过得比国王还快活。"格兰特这样说着，心里也是这样想的。

他之所以高兴，不是因为他即将交给布莱斯的报告，甚至不是因为他又做回了自己。他高兴是因为那天早晨，卡伦在机场对他说的那席话。

泰德笔直地站着，郑重其事地说了段很正式的告别致辞，他说："格兰特先生，我想让你知道，我永远不会忘记你为我和比尔所做的事情。虽然你不能把比尔带回来，但是你所做的更加神奇，你让他流芳百世。"

这的确就是格兰特所做的。只要有人写书，有人读历史，比尔·肯里克就会活着，这是他——艾伦·格兰特做到的。他们把比尔·肯里克埋在了六英尺深，遗忘的地底，但是他，艾伦·格兰特又把他挖了出来，将他放在乌巴城的发现者这个正确的位置上。

他已经偿还了对那死去的男孩儿 B7 所欠下的债。

布莱斯亲切地向他问好，说他看起来精神很好（不能信，因为他们最后一次见面时，他也这么说），随后建议他去汉普郡，回答一下刚从汉普郡警局送来的指控。

"好吧，长官，你看起来也很好。我想先处理肯里克的谋杀案。"

"什么？"

"我都写在报告里了。"格兰特说着，就把四页纸放在了布莱斯的面前，那是他星期天在家所写的得意之作。

当他把这东西放下时，恍惚中想起，自己曾计划用一鸣惊人的方式把辞职信放在布莱斯的面前。

假期中，一个人会产生多么怪异的想法。

他要辞职，去做个牧羊人什么的，还要结婚。

多么惊人的想法！惊人至极的想法！

The Man In The Queue | 排队的人

在剧院门口排队买票的男子死在队伍中，
却没有人知道他是谁，何时被插入了匕首？

A Shilling For Candles | 一先令蜡烛

当红明星的尸体出现在清晨的海滩上，
是溺水？还是情杀？

Miss PYM Disposes | 萍小姐的主意

女子学校里一位女孩的意外死亡，
让研究心理学的萍小姐陷入两难，
是选择理智？还是情感？

The Franchise Affair | 法兰柴思事件

失踪近一个月的 16 岁女生，
指控有人诱拐她，
漂亮女人的话，能不能相信？

Josephine
Tey

To Love And Be Wise | 一张俊美的脸

俊美的她打乱了小镇的宁静，
而后的离奇失踪，更掀起轩然大波……

The Daughter Of Time | 时间的女儿

能不能躺在病床上，
就推翻流传四百年之久的历史定论？

Singing The Sands | 歌唱的沙

"醉"死在火车车厢里的年轻人，
为何要留下一首诗？

Brat Farrar | 布拉特·法拉

失踪八年的第一继承人，
突然出现了……

Josephine
Tey

Mo 推理馆·经典

安东尼·伯克莱

不可能的杀人系列

THE POISONED CHOCOLATE | 毒巧克力杀人事件

新品巧克力引发的误食杀人案，
凶手的目标，到底是谁？

THE LAYTONCORT MISETRY | 莱登庭神秘事件

亿万富翁的豪宅密室杀人案，
情杀？仇杀？还是为了遗产？

Anthony Berkeley

/ 街道上尽是比夜晚还要黑暗的东西。/

"一身都是烟头烧的洞，永远宿醉难醒"的

私人侦探马洛系列

THE BIG SLEEP | 长眠不醒

放得下万贯家财，放得下两个千金女儿，
却唯一放不下那个失踪的女婿……

FAREWELL,MY LOVELY | 再见，吾爱

越是漂亮的女人，越危险……

THE LADY IN THE LAKE | 湖底女人

深埋心底的暗暗杀机，
柔情满载也是骗局……

THE LONG GOODBYE | 漫长的告别

道别，等于死去一点点……

Raymond
Thornton
Chandler

Josephine
Tey

图书在版编目（CIP）数据

歌唱的沙 /（英）约瑟芬·铁伊著；李爱译.
—北京：现代出版社，2017.1
ISBN 978-7-5143-5043-2

Ⅰ. ①歌… Ⅱ. ①约… ②李… Ⅲ. ①推理小
说－英国－现代 Ⅳ. ① I561.45

中国版本图书馆 CIP 数据核字（2016）第 148295 号

歌唱的沙

著　　者	［英］约瑟芬·铁伊
译　　者	李　爱
策划编辑	赵海燕
责任编辑	赵海燕
出版发行	现代出版社
通信地址	北京市安定门外安华里 504 号
邮政编码	100011
电　　话	010-64267325　64245264（传真）
网　　址	www.1980xd.com
电子邮箱	xiandai@vip.sina.com
印　　刷	三河市南阳印刷有限公司
开　　本	890mm×1240mm　1/32
印　　张	6.75
版　　次	2017 年 1 月第 1 版　2017 年 1 月第 1 次印刷
书　　号	ISBN 978-7-5143-5043-2
定　　价	32.00 元

Singing

The

Sands

———————— 寻找唯一的真相 ————————